風にのる日々

伊藤志のぶ

編集工房ノア

風にのる日々

風にのる日々 5
水上《みなかみ》 213
*
あとがき 252

装幀　森本良成

風にのる日々

（一）紙さま

佐伯行造と出会ったのは、昭和三十年、戦後の食糧難からも解放され世の中全体が落ち着きを取り戻したころである。私は高校一年生であった。彼は九州大学の学生で久留米にある教養学部を終え、本科生になったのをきっかけに、工学部のある私の住む町、福岡市の箱崎地区に移って来ていた。

彼が四年生になろうという春間近、同じ下宿の人たちが大家と喧嘩をし、皆そこを出るという。自分だけが残るというわけもいかず、同郷である山口出身の友人の部屋にころがり込んだ。それが私の家であった。

私の家は九州大学まで歩いて十分くらいの所にある。祖父の代からの古い家の二階には、回り廊下のある床の間つきの六畳間が五部屋あり、父と母、弟との四人暮らしには階下だけで充分で、二階は学生に貸していた。

私は市内のミッションスクールに通っていた。正式名は福岡女学院というが、博多では誰もがミッションと呼び、市内の私立校の中でも華やかな存在であった。

襟元に白い錨のマークの紺地の制服は、臙脂《えんじ》の衿のラインとネクタイが映え、冬枯れの街を彩っていた。特に五月の風が吹くと、いち早く衣替えした水色のギンガムのセーラー服は、街に夏を呼び込むような感じさえした。

女子ばかりの学校は男性の目を気にすることなく、中高一貫教育は自由なスクールカラーと相まって、伸び伸びとした学生を育てていた。

時事問題研究会に所属する私は、沖縄の軍事基地問題、板付飛行場の騒音問題等、新聞の切り抜きに熱心だった。文化祭ともなると、日本を含む世界のニュースや身のまわりの出来事を取り上げ、問題点をアピールした文を書いては、二教室を使って壁いっぱいに張り巡らした。投書箱に入った九大生などの感想や激励に、単純に喜んでいた。

街ではアウシュヴィッツの悲劇を描いたフランクルの『夜と霧』が本屋の店頭に並

び、『アンネの日記』が売れていた。

学校は博多の南西に位置する南薬院に在り、箱崎の私の家からは、市電で四十分ほどかかった。木造のチャペルと、木造二階建ての校舎が数棟建っており、裏側には時に、土煙の舞い上がる運動場が広がっていた。

聖歌隊が練習でもしているのか、どこからともなく讃美歌が流れてくる。図書館の西側は小高い丘になっており、白い洋館の宣教師館が木立の中に清潔な佇まいをみせていた。マタイ伝五章に『山上の垂訓』という、イエスが教えを説いた箇所があるが、その話を聞くたびに、その小高い丘を重ね合わせたりした。

高一の私は友情を育てるのに懸命で、あっちの友人の扉を叩き、こっちの友人の扉を叩いてみたりで、毎日が忙しい。友達と校庭で語り、裏山で語り、図書館で語り、市電四十分の道を歩いて語り、それでも足りずに机に向かって手紙を書き、毎日会っているのに速達で遣り取りしていた。

何をあんなに夢中に書いていたのか、はっきりとは思い出せないが、読書感想から、聖書の言葉の頼りなさや、自分の言った言葉の否定やまた肯定や、ごめんなさいや、あなたが悪いなどなどであったと思う。

自分を誰かに分かって欲しいという思いを、私を含め私の友人たちは強く持っていた。誰かひとりでいい、自分という人間の存在を認め、すべてを許し、愛してくれる人を友達のなかに探していた。

私の生まれた町箱崎は博多の東地区に在り、上社家、下社家、宮前町などの筥崎宮《はこざきぐう》を中心に、浜の方へ網屋町、立筋町と広がっている。

私の家は網屋町にあり、昭和二十七年ごろまでは、漁師町だった様子をどことなく留めていた。各家の玄関先には『お潮《しお》い』と称する浜の砂を入れた小さな竹籠が、釣り下げられており、外出するたびにほんの一握り取って、サラサラの砂を腰の辺りに振りかけていた。身を清め、一日の無事を祈る意味があったと思う。

家から少し浜の方へ行けば、まだ漁をしている家があり、浜には網をしまう小屋や、のりの乾燥小屋が点在していた。夕方近くになると市場に出せない雑魚をリヤカーに乗せ、おかみさんたちが売りに来ていた。

「さかなー、さかなー」

という声に近所の主婦たちが集まっている。荒縄の持ち手の付いた底の浅い木箱の中で、ぼら、きすご、小エビ、しゃっぱ（シャコ）が跳ねている。秤は竿秤《さおばかり》で、棒に目盛りがあり分銅を動かして計る。棹の先につるされたピカピカの銅の皿に載せられた魚たちは、これもまたピカピカと光っていた。

「負けとかんねー」という声に、棹は勢いよく跳ね上がっている。

朝は、博多名物の『おきゅうと』を売りに来る。海草で作られた薄い楕円形のものをくるりと巻いて細く切り、かつお節をかけて醤油で食べる。つるりと口に入れると磯の香りが広がる。朝の食卓の一品である。

「おきゅうとー、おきゅうとー、おきゅうとーわい」

という売り声は少年のものだ。朝靄《もや》のなかに影絵のように見える少年を追いかけて、ざるにわけてもらう。

そのうち、浜が埋め立てられ保証金が入ったとかで、それまでの庇の低い小さな家々は、先を争うように大きな二階建てに変わった。新鮮な魚を売りに来た人たちも、売り声も、次第に町から消えていった。

私が高校生になった昭和三十年ごろは、箱崎は九大の学生とサラリーマンの居住する町に様変わりし、小さな町に映画館が三軒も出来た。『プランタン』『リーベ』などという横文字の喫茶店が、サイホンで沸かすコーヒーを売り物にしていた。

九大生は一様に、冬は黒の詰め襟の学生服、夏は白のワイシャツに黒ズボン姿。靴よりも下駄や朴歯《ほおば》を履いている者のほうが多い。カラン、コロンという下駄の音は、学生街にふさわしく、路地裏に心地よい響きを放っていた。


佐伯行造は五部屋あるなかの一番奥の六畳間にいた。周囲から首一つ出ているような、ひょろりとした背の高い人である。

「おってあるか、おってないか分からんようなお人やねぇ」

と、母が言うくらい声も聞こえず、足音もなく、もの静かな様子の人だった。

我が家はおもて通りから細い路地を五十メートルほど入ったところにあった。表通りは、当時路面電車が走っていたので電車道と呼んでいた。路地を入る右側には、石の塀に囲まれた地蔵堂があり、その角を曲がると、格子戸の我が家が見える。角から町屋がたち並び、ときどき三味線のつまびきが聞こえ、商業町博多の風情をのこしていた。

人が三人並べばいっぱいになるくらいの、その路地が問題だった。

玄関を出て、電車通りまでの間に、家にいる学生とよくすれ違った。「お帰りなさい」とか「こんにちは」とか「げんき？」とか、何か一言、声を掛け合ってすれ違うのである。角を曲がって私を見るや、「やあ！」と手を上げ「どこ行くの」と言う人もいる。

ただひとり会いたくない人がいた。それが佐伯行造だった。特別に好意を持ったとか、意識していたからではない。なにしろこちらを見たとたん（困ったなぁ）という顔をするのだ。どうやって行き過ぎたものか……といったように顔をさっと落とし、目を合わせたものかどうかというような、それも五十メートルも先からである。

だからこちらも困る。どうしようと思う。いまさら玄関に戻るわけにもいかず、右へ行く道があるにはあるのだが、その方向には店らしい店もなく、わざとらしくて逸《そ》れるわけにもいかない。仕方がないから「お帰りなさい」と言ってすれ違う。そして、ほっとする。ヤレヤレと思う。なんとやりにくい奴じゃ！　あの人だけは苦手だ。

なるべく顔を合わさないように用心する。玄関からちょっと首をだし、表通りの方をチラッと見て、いないぞと確認して外へ出る。五十メートルの路地を跳ぶように歩く。途中で角を曲がってこられたら大変、それでも会うときは会う。いつも意を決してすれ違っていた。

高校二年生の冬の終わりに、小学生の弟と一緒だった下の部屋から解放され、私は二階の階段を上がってすぐの部屋を占領することができた。

月曜日だったか、珍しく長く机に付いていた。ミッションは日曜日は礼拝に行くので、月曜日が休みである。

路地から「角田氏ー、角田シイーー」と呼ぶ野太い声がする。階段を挟んで隣の部屋の角田氏は留守らしく応答がない。しばらく呼んでいたが、諦めたのか去って行く足音がした。

「おお、寒む」

私は薄寒い部屋から、のっそりと出た。南に面した廊下はガラス戸越しの日射しに溢れ暖かい。南側には部屋と部屋の間に小さなベランダがある。ちょっとした窪みになっているので、風は届かず日だまりを作っていた。

気持のいい昼下がりだった。板で囲んだ三畳ほどのベランダが廊下より一段高くなっている。ガラス戸を開け腰を降ろすと、行造がのっそり部屋から出て来た。電信柱のような彼は、しょっちゅうぶち当たるものがあるのか、遠慮がちな性格からか、猫背気味である。少し曲げた首の白いワイシャツの衿が、薄茶のセーターの下から冷たそうに覗いている。

私も彼も最近では大分馴れて、多少なら言葉を交わすこともあった。誰もいないのか他の部屋はしんとしていた。

どうせすぐ部屋に入るか、外に出て行くだろうと思っていた。だからいい加減に、「今日は暖かいね」とか「勉強進んでいる?」とかだったと思うのだが、一通りの話のあともベランダから去らない。もうそろそろ話の種も底をつくのにと焦っていた。あちらがまだいるのに「じゃあ」というのも悪い。これもまた意を決して、付き合ってやろうじゃないの、というわけである。

とうとうベランダに腰を掛けたり、足を伸ばしたりして、一時間近くも話しただろうか、日が陰り肌寒くなって、私たちは引き上げたのだった。

その日、母に言った。

「あの人ねぇ、一時間も喋ったよ。一時間もよ、変なの」

それからは、ときどき数学で分からないことがあると聞きに行ったりした。答えはいつもきちんと出るのだが、私の習っている公式を使ってくれず、途中式もさっぱり分からぬもので、（教え方のへたな奴だ！）という印象だった。

同室の人は卒業し、彼は大学院に進んだのでひとりになっていた。


昭和三十一・二年ごろといえば、映画の全盛期で「戦場にかける橋」「第三の男」「道」「禁じられた遊び」など、数かずの名画が上映されていた。同時に映画音楽もはやり、深夜ラジオのリクエスト番組が受験生の友となっていた。

「次のプレゼント曲は『道』より、『ジェルソミーナ』、西神のH・Yさんより呉服町のK・Mさんへ」

地方局RKBの放送を聞きながらの勉強で、このあたりから「ながら族」という言葉が流行した。私たち学生は、少ない小遣いをはたいては映画館に通った。博多の中心街、中洲にある封切り館は二百円だった。少し我慢すれば、三番館の名画座は五十円でそれを見ることが出来る。

当時テレビは高嶺の花で、喫茶店や電気店の店頭などで、白黒の画面をうつし出していた。各家庭に普及するほどではなく、庶民の娯楽はもっぱら映画であった。

高校三年も秋ともなれば、いよいよ受験を意識せざるをえなくなり、「四当五落」という言葉がくるくると空回り始める。深夜一時近くまで一応参考書を広げ、時計が一時を指すと、今日も終わったと冷たい布団に潜り込んだ。

「一日の労は一日にてたれり」

聖書の言葉をこの時ばかりは嬉しく思った。

時が迫れば迫るほど、来る日も来る日も時間を盗んでは本を読んだ。聖書の時間も、お祈りの時間も、教科の時間も、龍之介、漱石、武者小路、志賀直哉、有島武郎、中島敦、倉田百三。手当たり次第の乱読である。

特に、倉田百三の「出家とその弟子」に心惹かれた。

「何も別にこれといって原因はないのです。しかし、淋しいような、悲しいような気がするのです。時々泣けるだけ泣きたいような気がするのです」

という若い僧、唯円の言葉は、そのまま自分のものとして苦しいほどの切迫感をもって胸に落ちた。

友人たちもみな受験勉強に忙しくなり、せっせと書いた手紙の往復も途絶えていた。

友情って何なんだろう。友達なんているんだろうか。

「ねぇ、神さまの言葉っていつもなにか頼りないのよね」

私はめずらしく行造の部屋にいた。

「神さまはいつも私たちを見守って下さっていると言うのよ。どんなことも許し、愛してくれるって言うのよ。でも、答えてはくれないのよね。必要なときいくら話しかけても返事はないのよ。そんなのないと思わない。返事がないの、私、困るのよ」

行造は黙っている。

「聖書の神というところに、やっぱり固有名詞が入るといいと思わない。誰かひとりでいいの、大勢はいらないのよ。たったひとりでいいからって、いつもお願いしているのに、神さまは応えてもくれない」

牧師先生の眼鏡の顔がちらりと浮かんだ。

「神さまはいつでも応えてくださっているって。わからないのはその人が神さまの声を聞かないからなんだって。だって私には聞こえないんだもの……本当につまらない」

私は数学のノートを放り出して、一気にまくしたてた。

さっきまで行造の座り机にふたり額を寄せて、三角関数の問題をやっていたのだ。夕方だというのに、路地に人の通る気配もなく、ひっそりしている。母は台所の方にいるのか、階下から物音一つ聞こえない。他の部屋の学生たちも夕飯でも食べに外出したのだろう。

部屋の西側にある高い小窓から、赤い日が弱々しく差し込み、塵の微粒子の流れが光線に沿って見える。

「ねぇ、思うでしょう。聖書ってホント頼りないのよね。思い煩《わずら》うなったって煩っちゃうわよ。神さまって本当にいると思う？」

何度目かの私の繰り言に、彼は言った。

「そうか、じゃあ、神様を創ればいいのだ。ついでに神様になっちゃおうか」

机の引き出しをゴソゴソいわせ、鋏を取り出した。

「紙はないかなぁ」

まだ引き出しをかき回している。

「紙？」

「白い紙」

「習字の紙でもいいの？」

「それがあれば上等だよ」

「あるわよ」

私は自分の部屋から半紙の束を持ってきた。

（なにするのかなぁ）

彼は半紙を細長く折り畳んでいる。

「ほら、此処を切って」

ほいと手渡された。

「これでいい？」

「ここに切れ目を交互にいれるんだ」

慎重に切って、畳の上で丁寧に折り目を付けている。パラリとほどくと、神社にひらひらと下がっている三角形の連なった形のものが現れた。

「あー、神様ネ」

「ほら、いっぱい作っていっぱい。いっぱい作って部屋中に貼るのさ」

ふたりは作った。折ったり切ったり、ときどき切れ目を入れすぎて、途中で切れたりしたけれど。

がらんとした彼の部屋の真ん中に、白い白いふんわりとした山が出来た。私がのりを付け、背の高い彼が、部屋の周りの鴨居にべたべたと貼っていった。

赤い日はいつの間にか薄暮にかわり、部屋の四隅から、じわりと闇が忍び寄っている。夕暮れどきの淋しさを通り越して、不安定な夜の一時的な確かさのなかに入りつつあった。

彼は手を伸ばして電灯を点けた。

ぱっと明るくなった部屋の、座っている私の周りで、あっちでもこっちでも、紙さまがユラユラと下がっている。

「わあー、きれい！」

突然湧き上がった得体《えたい》の知れない感情をはぐらかすように、私は紙さまをゆらしてまわった。

（二）はじめての手紙

福岡から急行電車で二時間ほどの所に大牟田市がある。その大牟田で母方の叔父が薬種問屋を手広くやっていた。

叔父が大学生の頃、私が生まれた。叔父にとって私は初めての姪である。若い叔父の最初の贈り物が迷い子札であった。名前と住所、生年月日を彫った小判型のメタルと、成田山のお守りの入った赤い袋がセットになっている。幼い私はそれが好きで、取り出しては遊んだので、モスリンの袋は薄くなり、隙間から成田山の木札が見えていた。

小学生のころはよく叔父の家に泊まりに行った。仕事で博多に出てくると、箱崎の家に寄っては私を大牟田に連れて行った。

叔父は常にむっつりと重々しく、私は少々苦手であったが、行くたびに本を買ってくれた。「モンテクリスト伯」「小公女」「リア王」などの、世界の名作を集めた岩波少年少女文学全集の各巻である。欲しいと憧れていても高価なので、両親には特別の時にしか買ってもらえない本である。

箱に入った洋書のような黒表紙の本はずしりと重く、半透明のパラフィン紙がかかっている。箱から取り出すときのピリピリという音は、それだけでも私を贅沢な気分にさせた。


叔父には子供がいない。広い家だったが私は叔父と叔母の部屋でいつも一緒に寝た。

叔父の家は中庭とも作業場ともつかない広場を囲むように、母屋、番頭さんたちの居住する棟、風呂、食堂、台所、いくつかの倉庫、店と建っていた。

広場には、菰《こも》の上から板を打ち付けた大小の荷が、あちこちに積み上げられており、荒縄や板切れの間で数人の小僧さんたちが賑やかに働いていた。

叔父は店の左手の、格子で隔てられた事務所にいて、お客さんを送って出るときだけ店に現れた。九十度に近い最敬礼をする軍隊帰りの叔父の後ろ姿を見るたびに、なにもあんなにしなくてもいいのに、と思っていた。私は叔父が好きだった。

中学も後半になると用があるときぐらいで、あまり行かなくなった。

高校三年の正月に、叔父に呼ばれて久しぶりに大牟田に出向いた。その頃、叔父は羽振りが良く、福岡県下に十数軒の薬局を持っていた。正月のお膳も済んだ頃、母から薬学志望と聞いていた叔父は、叔母の出たH薬大を受けるようにと、やおら言い出した。

私は高校時代、数学が得意と錯覚し、薬学志望だった。英語の女教師が大嫌いだったので、英語が嫌いだった。反動で数学が好きだっただけかも知れない。ともかく薬学志望だった。

私は他の薬大を希望していると言った。世間話ぐらいに思っていたが、叔父の口調は次第に強引なものになっていった。何回かの遣り取りの後、「受けさえすればいいんだ」という叔父と大げんかになった。

(受けさえすればいい？……六十万、なにそれ裏口入学しろというの！　バカにしては困る。間違っても私は時事クラブの一員なのだ。私がそんなこと、納得すると思うの！)

そのころ、ベストセラーになっていた五味川純平著「人間の条件」の主人公、梶にかぶれていた。中国大陸を舞台に繰り広げられる戦争を挟んだ、壮絶で誠実な主人公の生き方に共感していた。

「叔父ちゃんの家はなんなの！　来るたびに殺風景になってる。家庭なんていえるの、家庭なんて何処にあるのよ。昔はこんなじゃなかったわ。みんなもっと楽しそうに働いていたわ。会社は大きくなったでしょ。だけど、なに、それだけじゃない。だいたい自分だけよければいいなんて、おかしいわよ」

「生意気言うな。なんて口の利き方だ。跳ねっ返りが。お前なんぞに何が分かる」

二時間近くもやりあって、家に帰る急行電車二時間半の間も高ぶった気持は治まらない。困惑した母の顔も浮かんだりして、真っ直ぐ帰る気もせず、大名町の名画座にとびこんだ。

映像は切れっ端のように通りすぎ、セリフは一つとしてとどまらず、意味不明のまま終わった。夕暮れの街に観客とともに放り出され、薄暗くなるころ家に帰った。

叔父もよほど腹が立ったのだろう。叔母と一緒に追いかけてきて、帰った後だった。母は小言らしいこと何ひとつ言わなかった。後で知ったのだが、叔父は私を跡取りにするつもりだったという。

結局、東京の他の薬大を二つ受けたが、落ちた。落ちて当然だと、全く気にもならなかった。

浪人中は長浜町にある九州英数学館という予備校に籍は置いたものの、初めの一、二カ月だけでほとんど出席せず、もっぱら東公園にある県立図書館に通っていた。

ミッションの友人たちは、皆合格したのか、適当にどこかに潜り込んだのか、予備校には一人の知人も居なかった。クラスの大部分が男子学生で、当時は女子が浪人までして大学に行くというのは少なかった。図書館行きも常に単独行動だった。

福岡市には大きな公園が四つある。周囲二キロメートルの池を中心にした大堀公園、博多湾をのぞむ西公園、動物園が売り物の出来たばかりの南公園、亀山上皇と日蓮さんの銅像がある東公園である。

図書館のある東公園はその名のとおり市内の東地区にあり、中央に恵比寿神社がある。一月十日前後は、商人の町博多にふさわしく、ことのほかの賑わいをみせたが、通常は木々の鬱蒼と繁るだだっぴろいだけの公園である。横切ると、といっても二十分以上もかかるのだが、吉塚方面への近道になるため通路的役割を果たしているくらいで、散策する人も居ないような淋しいところであった。

図書館は東公園の片隅に、木々に囲まれるように建っていた。近くには、チンチン電車の踏切や停車場がある。南北に走る道路は、人や荷車が行き交う雑多な所で、舗装されていない道から一日中砂ぼこりがたち、雨の日には泥んこ道になった。

建物は戦後の混乱を引きずっていた昭和二十四年に仮館舎として建てられた木造の目だたないものである。

昭和二十年六月十日の福岡大空襲までは、福岡の中央、天神にあった。木造二階建て、書庫三階建ての洋風建築で、閲覧室の各卓上に電灯スタンドを有し、館内電灯二百個を越える近代図書館であったという。

前身の余韻を残してか、それとも図書館の持つ雰囲気なのか、当時の私には、西洋風の質素な仮図書館も、気位高く思われた。

図書館に隣接してザビエル記念館があった。記念館は二階建ての洋館で、とがった三角形の屋根や石塔が、異国情緒を醸している。図書館とこの記念館は内部で繋がっており、夏でも涼しさを感じさせた。大きな窓からは緑の梢が縦横に走っているのが見え、まるで緑の中に閉じ込められたようだ。

ここだけは受験生で溢れていて、夏休みなどは、早くから席を確保するための行列が出来た。机幅七十センチくらいが自分の居場所で、前方にも両脇にもズラリと学生が居る。

ここも女子は少なかった。昼近くになってやめようかなと思うと、斜めの眼鏡がまだしこしことやっている。ではこちらもと、けっこう頑張れたものである。

図書館の西側には、小さな食堂が張り付くようにあった。薄暗い閲覧室から食堂に出ると、視界はぱっと広がり、夏盛りの公園がとびこんでくる。

緊張感から解放された学生たちは雄弁になり、ふざけあっている。

細長い食堂の背当てのない腰掛けもテーブルも、木製の粗末なもので、竹の筒に、裸の割り箸がたててある。メニューはひやむぎとうどんだけ。うどんはかまぼこ二切れと、ねぎが入っていた。

かまぼこの山型部分の薄ピンクと、ねぎの青さが、白いうどんでことさら美しい。

「おばさん、よーこげん薄う切れるとねぇ。天才わざばい」

男子学生が、割り箸でつまみあげたかまぼこをひらひらさせている。

「透けとう」

もう一人が言った。食堂のおばさんは、笑うでも怒るでもない、困ったようなやさ

しい顔して 黙っていた。

佐伯行造は相変わらず二階の自分の部屋に居たがほとんど接触はなく、必要に迫られた時に数学を聞きに行く程度だった。

受験生にとっては大事な夏休みが終わり、思い出したように予備校の教室に行ってみた。

狭い教室に詰め込まれた学生たち。横に広い黒板に、コチコチとチョークのぶつかる音と共に、化学式が次から次へと並んでいく。収容施設と化した教室、張りつめた空気。

教室の連中を一瞥して、私は教室を抜け出した。

（なんて頑丈《がんじょう》な奴らだ……）

階段の途中から中庭をのぞく。そのとき、ウォーッと歓声が上がった。声のする方へ階段を下りる。食堂の真ん中に数個のテーブルを寄せ、その上で数人の男たちがあぐらをかき、花札をやっていた。それを二重三重にとりまいて、最後列はテーブルの上に立って見ている。

（バーカ、なにやっているのよ。教室では必死で勉強しているのよ。授業中でしょうが。弱虫！）

横目で見ながらスーッと通り越し、外に出た。

九月の空は高く、間抜けたように明るかった。


十一月になり、人恋しくなる季節のせいか、おしりに火が付いたのか、浪人学校も教室に生徒が戻りつつあった。夏中、食堂や休憩室で、花札に興じていた連中の数も減っていった。

そろそろ受験校を決めなければならない。百科事典ほどの厚さの全国大学案内は、どれを見ても通りそうになかった。ページをくってもくっても行けそうにない。

母は母で、受験止めて結婚したらと、一・二年前まで二階にいた誰彼の名前を挙げたりした。友人のなかには、高校を卒業してすぐ結婚した人もいて、それでもいいかと思わなくもなかった。

予備校も受験日程や写真や願書などと、日増しに忙しくなっていった。

予備校が博多の中心、天神町のすぐ隣に位置していたせいもあって、私は街の喧噪に引きずられるように天神町に出た。師走を目前にした人影は、せわしなく錯綜《さくそう》しているが、街全体が空洞のように思われ、寂寥感に背中を押されている気がした。十一月も末ともなれば、夕闇の迫るのもはやく、北風がアスファルトを這って、引きちぎれた紙きれを舞い上がらせている。

街角のいたるところに、立て看板が出て人だかりがしている。昭和三十三年十一月二十七日、皇太子の婚約発表であった。正田美智子さんの顔写真を大きく載せた号外が貼ってある。

歩道の片隅に在るいくつ目かの看板の前で足を止めた。白いカチューシャの礼装の令嬢が、店先からこぼれる明かりに浮かび上がっていた。

昭和三十四年、日本女子大学文学部、国文学科に合格した。

合格、嬉しかった。突き抜けるような嬉しさだった。ボードに自分の番号をみつけた瞬間から笑いがとまらない。

ボードは女子大の表玄関脇にあった。発表の時刻が近づくにつれ、親子連れの人びとが集まっている。表玄関から白い筒状の紙を手にした男の人たちが出て来た。

なかったらどうしよう。落ちるとしたら英語だ。数学は出来た。一般社会も化学もまずまずだ。終了後、時間が足りなかったと受験生が口々に言っていた国語は、ばっちり一回見直した。いけるはずだ。頭のなかをぐるぐると今の今までさまざまな思いが回転していたのだ。

「電報はこちらですよー」

ずらりと並んだ机に、いつの間にか人がいて叫んでいる。東京の三月上旬はいまだ寒く、「サクラ、サク」にはほど遠い。博多に電報を打つ。サクラはサイタ。病気の母が喜ぶだろう。気にかかることがあると、病弱な母はすぐ倒れる。私の定期試験前というだけで、よく寝込んでいた。

さっきから笑いが止まらない。目白駅までの三十分ほどの道のりを、大勢の人とバスに乗るのがもったいなくて、通ったんだ、合格なんだと、一歩一歩嚙みしめて歩いた。国電に乗って宿にしている大伯母の家に帰る途中も、押さえてもおさえても、思わずニヤリとしてしまう。何処から見ても尋常とは思えないだろうと、電車のドアの前に立ち、流れる景色に向かって笑っていた。

佐伯行造には受験校を決めるときに、女子大だったら地元にあるのに、なんで東京に行くんだなどと言われた。親から逃げたい一心だった私としては、全く話の分からない奴だと決めつけて、ほとんど部屋へ行きもしなかった。

「日本女子大学」。古びたレンガ造りの正門の右側に掛かった看板の前で、本を小脇に抱えて記念写真を撮った。

格子柄のグレーのタイトスカート。母が縫ってくれたストライプの間に小花を散らしたブラウス。スカートは玉屋デパートのショーウィンドーのマネキンが着ていたものを、父が気に入って買ってくれた。初めての既製のものだった。当時既製服は高価で、母の手縫いのものしか私は持たなかった。

父は淋しくなるという理由だけで、東京に行くことを最後まで反対していた。会社の人たちから、地方新聞に名前の載った娘を「すごいじゃないか」と褒められ、しぶしぶ決心したのだった。

女子大の正門を入るとロータリーになっており、バスが校内に入ってくるというだけでも、博多からぽっと出の娘には驚きだった。

正面は学長室や会議室のある本部になっており、右手に小さいバルコニーのある、一見教会風の木造の講堂がある。創立者の名をとって、「成瀬記念館」という。

その横に芝生の広場が在り、その奥が図書館。自然の地形を生かした石畳は、細く学内全体に延びている。うねったような楠、背の高い欅や椎などの木々が木陰をつくり、二階建ての木造校舎が点在している。いかにも伝統のある、といった雰囲気を漂わせていた。

地方から来た者たちは、皆寮に入らねばならない。全寮制である。寮は学校の西北の小高い丘にある。大学の裏門を出ると、文京区と豊島区の区境となっている広い道路に出る。護国寺につながるこの道を渡ると、右手に体育館があり、テニスコートを左に見ながら抜けると寮の門が見える。

門を入ると直ぐ関所のように門衛さん夫婦の住居があった。寮生の小包や手紙はここに保管され、手紙は寮ごとに区分けされ、各寮の当番が取りに行った。小包や現金書留は、印鑑を持ってそれぞれが取りにいく。

門から丘に向かってなだらかにカーブした石の道が登り、両側に年季の入った日本家屋が木立の間に見え隠れしている。入って直ぐの晩香寮は時代がかった木造洋館で、ペンキのはげ落ちぐあいも周りとの調和を深めていた。

丘の上に出ると道は大きく二方に分かれ、右に明桂寮、左奥にも小さな日本家屋が数棟あり、寮名を書いた白いペンキぬりの案内板が立っている。二十棟ほどの寮は、植え込みに囲まれ、それが一つの寮のテリトリーとなっていた。

私の住む済美《せいび》寮は丘の上に位置し、楓や梢の高い欅にかこまれた、寮のなかでも特に小さな家屋だった。寮生二十二名、寮監一名、お手伝いの女の子一名の計二十四名の所帯である。

寮はよく清掃され、床という床は黒光りしている。玄関には靴一足脱ぎ捨てにされておらず、脇の棚には寮生のスリッパが整然と並べられていた。良妻賢母を旨とする校風は、そのまま寮生活に生かされていた。

入寮三日目にして、私は自分が思いもせぬ場違いなところに来たことに気づいた。

朝はまず掃除から始まる。自室の他に食堂、玄関、庭、トイレ、廊下、階段、階段はてすりに至るまで拭き上げる。食堂は二十畳ほどの畳敷きで、四・五人座れる重い座卓が六つ、座卓は上げて掃除しなければならない。上座にある蓄音機、本棚、オルガン、ラジオにも埃一つない。炊事当番は朝食の用意をする。食卓が整うとカランカランと鐘をふり「皆様、お食事でございます」とふれ、全員揃って朝食を頂く。それも主婦《しゅふ》さまと呼ばれる当番の「いただきましょう」を合図に一斉にである。

夕食はもちろん当番制で、寮生二人とお手伝いさんとで二十四人分を作る。お手伝いとは良く言ったもので、田舎から出て来た若い子は、ほとんど役にたたない。家で母が寝込むたびに炊事をやっていた私には苦にもならなかったが、何事も一斉にやらされるのには辟易した。

「孝子さん」と名前で呼ばれることにも我慢がならなかった。子供時代ならいさ知らず、少なくとも大学生になった人間に向かって、それも他人から、なんで馴れ馴れしく名前で呼ばれなければならないのか。

部屋は六畳に三人の部屋割で部屋の位置によって『上端』『下端』『十五畳』などと呼ばれており、必ず学年違いの上級生と組まされる。上級生の親切は幼い子を扱うようにやさしく、いっちょまえ（一人前）と自負している人格を傷つける。

「良妻賢母」がモットーだなんて全く知らなかった。女子大で、しかも全寮制でなければ親元から出さないというからここしかなかった。「しまった」という思いである。

中・高六年間のミッションは、なにより自由だった。少々のことは大目にみてくれた。主張を聞いてくれた。自由を謳歌していた高校生活からは、ここは滅私奉公のように思われた。止めて帰る勇気はなかった。もう一度やりなおす気力もなかった。

幼稚園児をあやすような種々の祝入学のスケジュールが進んでいった。やっとひとおりのレセプションが終わる頃、私の大学生活も新緑が青葉にかわる勢いで、軌道に乗っていった。

女子大の正門から豊坂の急な坂を下り、都電の踏切を渡ると早稲田大学である。近くのためか、合ハイや合コンが早稲田の各学部と行われていた。一度顔を出したが、同学年の男性は皆幼稚に思えた。

親元を離れたい願望の東京暮らしのはずだったにもかかわらず、私のホームシックは強く、六月の声を聞くや、あと一カ月と行李に衣服をしまい込み、帰り支度をした。あまりに早い支度のため、何度も行李を開けて衣服をひっぱりださねばならず、しょっちゅう上級生にからかわれていた。

ちょうどそんなとき一通の手紙が届いた。

寮監室の横の柱に、三段になった古い木製の状さしが下げてある。寮生にとって手紙は嬉しいものである。特にホームシック気味の一年生は、食事より前に手紙を見に行った。電話はない。二十数棟の寮のうち電話があるのは二棟だけであった。

私宛の手紙は状さしの一番上の段にあった。裏を返すと佐伯行造とある。思いがけなかった。「へぇー」と思い、部屋へ入るのももどかしく階段を上がりながら開けた。私の部屋は『上端』とよばれている、階段を上がって左側の一番奥の六畳間である。

「手紙？」

誰かが声をかけた
「ええ」

「いいねぇ」

（そう、いい。手紙だもんね）

幸い部屋には誰も居なかった。

元気か、とあった。次に勉強しているかとある。勉強あまり好きそうじゃなさそうだけど、試験があってもあわてないよう日頃からきちんとおやりなさいとある。学問の一分野でも、現在の状態まで理解することは容易なことではないから、勉強して得る学問にはほとんど価値はないと思う。が無意味な面白くない、しかも無害なことをやることに消極的意義があると思うと結んである。

最後に恋人は出来たかとあった。

なにさ、こんな手紙。ポンとほおり投げた。畳の上に開いた白い便箋の、きちんと整った文字を見ながら腹をたてていた。

畳にひっくりかえると、頭の上に大きな手のひらのような青桐の葉が、光のなかにひらひらしている。薄緑の葉っぱのゆれのなかで目をつむった。

(三) セツルメント

夏休みに入ってすぐ博多に帰った。

帰ってから行造に会ったかどうかは定かではない。彼の方も夏休みで帰郷していただろうし、私は天下晴れての休暇だから、友達と旧交を温めるのに忙しかった。

博多は黒田藩の城を中心とした福岡地区と、博多商人を軸とした商人の町、博多地区とに二分されていた。その余韻を当時まだ留めていた。

城は城郭と掘割の一部を残しただけとなっていた。かろうじて大手門という名が電車の停留所名にあり、それらしき大きな門がある。

博多の中心はそのころまでは博多地区にあった。博多帯や博多人形の職人町綱場町と、それを売る商店が軒を連ねる川端町、飲み屋街の中洲からなりたっていた。福岡地区に近い天神町から新天街にかけての界隈は、新興地だったが賑わいはこの地区に移りつつあった。

博多の夏はことのほか暑い。海が近いので湿度が高く、身体にねっとりまとわり付くような暑さである。

夏休みも半分過ぎたころであったろうか、その日も風がなく朝から照りつけていた。新天街にある画材屋に足を運んだときのことだ。

「おい、浅井」

振り向くと、中、高時代の国語の住田先生である。相も変わらず天然パーマなのか、もじゃもじゃの頭に細い黒縁の眼鏡、開襟シャツに黒ズボン。

「暑いなぁ、暇か、浅井。氷屋に行こう。氷屋」

汗を拭き拭き否も応もない。先生には昔から人の都合なんてものは全くない。

最初に習ったのが中二のとき、授業開始、十分ほど前に教室に現れて、黒板にさらさらと短歌を十首ほど書き連ねる。先生の最近作である。どの教室に行ってもやる。それも毎授業ごとにである。

初めのうちこそびっくりしていた生徒たちも、そのうちなんの関心も示さず、休み時間をわあわあとお喋りに興じているが、先生は一向に意に介さない。

この習慣は、私が高校を卒業するまで続いていた。でも私は、先生の短歌の一首も心に留めていない生徒である。ただ、「魔王」という詩が教科書に載っていたとき、教室にポータブルを持参し、何も言わずにシューベルトの「魔王」を聞かせてくれた。曲のおどろおどろしさと共に、強烈な印象が残っている。

「暑い、暑い、暑いぞぉ、暑いなあ」

氷屋はいっぱいだった。通路になっている細い場所に、小さいテーブルを挟んで、これも小さな腰掛けが向かい合って二つある。そこに先生と生徒は座った。もちろん冷房はない。

「浅井、おまえ恋をしたことがあるか。恋にはな、恋には二種類の恋があるんだよ。分かるかどんな恋か。それはなぁ、プラスの恋とマイナスの恋なんだ」

「はぁー、プラスの恋、ですか……」

「プラスの恋はいい。これは明るくて楽しくていい。マイナスの恋が問題なんだ。マイナスの恋は苦しいよ。苦しいんだぞ。だけどマイナスの恋は強烈なんだ。陰極の引き合いの方がはるかに強いのさ。わかるか、浅井。苦しい。けどこれこそが恋なんだ」

「はい、分かるような気がします」

「浅井、おまえ、プラスの恋をしろよ。マイナスの恋はいけない」

先生は自分に言い聞かすように言った。

朝顔型の周りを青く縁取った乳白色のガラス器に盛られた氷をさくさくと壊しながら先生は大真面目だった。

先生は恋をしているのか。それも強烈な恋を。先生には奥さんも可愛い女の子もいる。学校の創立記念日のバザー会場で、おかっぱ頭の五歳くらいの女の子と薄い背をした夫人を見たことがあった。

マイナスの恋とはどんな恋なのだろう。先生はどうしてこんな大事なことを私に言うのだろうか。先生はよほど苦しいのだろうか。それとも私がマイナスの恋をするとでも思っているのだろうか。

中学三年の授業中、与謝野晶子の短歌

絵日傘をかなたの岸の草になげ

わたる小川よ　春の水ぬるき

の感想を聞かれたことがある。

思いつくまま、

「春の柔らかな、のどかな風景のなかに、ほうっと投げられた絵日傘が、色鮮やかに、向こうの土手の上で、くるりくるりとまう様子が目に見えるようで、とても絵画的だと思います。それと、着物をはしょった女の人の足の白さも感じます」

というようなことを言ったと思う。

不意打ちをくらっての、いい加減な感想を先生はいたく褒めてくれた。他の教室に行ってまでも、「三組の浅井は」と褒めたと他の組の人たちからも聞かされた。先生にもし何か私の印象が残っているとすれば、あのことくらいのはずなのに。

顔寄せ合って、舌先を赤く染め、氷を食っている先生と生徒が、重大な秘密めいた恋の話をしているなんて、このくそ暑いさなかに誰が思うだろうか。

夏休みはあっという間に終わった。

まだ九月も半ばだというのに、博多と違って夜ともなれば寮の部屋は涼しく、膝に軽く布を掛け机に向かっている。新学期になって『十五畳』に移り、六畳三人から十五畳六人になった多少のゆとりのせいかもしれない。

いよいよ前期試験が始まる。初めての試験で行造の言うように、少しは真面目にやっておけばよかった、などと思いながら気を引き締めた。

カラン、カランと十時の合図の鐘が鳴り、部屋全体の空気が一気に緩む。「お茶持ってきまーす」と、則子さんが立ち、お菓子を持ち寄り部屋の真ん中に集まる。

十一時の消灯までは休み時間で、いつもならば歌を歌ったり、ゲームをしたり、恋占いをやったりする。なかでも恋占いは一番人気があり、トランプで恋の行方や恋の成就、または恋の予感を占う。それぞれが思いの人を胸に描き、恋人のいない人は現れるのは遠いのか、近い未来か。上級生のしたり顔のお告げに、下級生はまるで宣告を聞くような顔をして緊張している。その日はすぐにも始まる試験のせいか、お茶をすすり、三十分もするとそれぞれが机に着いた。

九月末に試験も終わり、明日から五日間の試験休みに入る。寮中がなんとなくざわめき浮き足立っている。郷里の近い人は家に帰りもするが、大抵はピクニックや映画に行き、美術館を巡ったりする。

私は溜まった洗濯物を片づけて、仲良し二人と映画を見、森鷗外の『雁』の舞台である無縁坂や不忍池、芥川龍之介の旧宅跡を尋ねた。

高校時代に時事問題研究会、通称時事クラブに所属していたこともあって、入学してすぐ社会学研究会、通称「社研」に籍を置いた。六〇年安保の前の年であり社会全体に不穏な気配があったが、女子大そのものはまだのんきなものであった。

葛飾区の国電亀有の駅から歩いて十分くらいの所に「亀有セツルメント」があった。東大生が中心となっている組織で、小さな診療所を所有していた。利益を追及しない診療所は周辺の住人には力強い存在だったと思う。その診療所の二階に本部がある。本部には男女学生が大勢いたが私は東京学芸大学の二人の女子学生と話したくらいで、初めから自分が其処にいることに違和感があった。けれど私は社研の上級生に連れられてそのセツルメントに行き始めていた。

当時の亀有は雑然とした町で町工場や商店などが建ち並び、何処からともなく機械音が聞こえ、すえた臭いがしていた。緑の丘の寮から来た目には灰色の町に映り、町全体が不安定な様相を呈しているように思えた。

土曜日の午後や日曜日に、その地区の子供たちと遊んだり勉強したりするのが私たちの役目である。

何度目かに私の行った先は、真ん中にある二十坪ほどの中庭を、取り巻くように部屋が並んでいる二階建ての共同住宅だった。

庭木の一本すらない中庭で、幼い子供たちが喧しく騒いでいる。一部屋が一家族の住居となっているらしく、入り口近くの廊下に七輪、バケツ、鍋、茶碗籠などが所狭しとおいてある。台所と便所は共同である。

部屋は明るく、外側の窓と中庭側の広い開口部から風が吹き抜けていた。入り口近くでおばあさんが丸い卓袱台《ちゃぶだい》に屈み込んで封筒貼りをしていた。糊の入ったアルマイトの皿に刷毛、横に茶色の封筒型が均等に並べられている。

「すいません」と言いながら卓袱台を避けると、黙って頭を下げた。両親は仕事なのだろう。坊主頭の四年生と二年生に算数を教える。お兄ちゃんの方は大人しく言われた通りに真面目に取り組んでいるが、弟は私を見ては「ニコッ」と笑う。「こうでしょう、分かる？」またニコッと笑う。分かったのかどうか。ちらちらと教えている私に目をやっている。「こら！　聞いてるの」と思って彼を見ると、ニコッと嬉しそうな顔をするので叱ることも出来ない。

子供のいる各部屋に数人の学生が入り、一時間ほど教え、終わるとみんなで近くの公園に行った。公園では鬼ごっこをやった。男女学生が六、七人に子供が十人。鬼はつぎつぎと代わり、五年生の男の子になった。少年はある人物、それは人の良さそうな男子学生だったが、その学生をめがけて走り出した。鉄棒をくぐり、ブランコを抜け滑り台を避け、すぐそばに誰がいようとかまわず、彼のみを追いかけている。

初めは、少年がそば近くに来ると逃げていた連中も、そのうち少年が来ても逃げなくなり、ぽかんと立ったままその執拗な追跡を見守っていた。あまりのしつこさに他の男子学生が、笑いながら言葉をかけ少年を抱き留めた。少年はその腕の中で必死の形相でもがき、その手を払いのけ標的に向かって突進してゆく。

学生は何処までも逃げ続け、少年はいつまでも追って行った。周りはその異様な雰囲気に飲まれていた。私は滑り台をくぐり、追いかけている少年の後ろ姿を見ていた。

追う少年に恐怖を感じた。何処までも逃げる学生も疎ましかった。

少年は学生が好きだったのだろうか。それとも彼に恐怖心を与えるほど、憎んでいたのだろうか。それとも少年の鬱屈した思いが、単にそういう行動を取らしたのか。もし学生が彼を抱き留めてやったら、少年はどうしただろう。けれど実際は、学生は逃げて、帰って来なかった。

私はセツルメントを辞めた。出来ないと思った。

時事クラブ……私はいっぱしのはずであった。文化祭で出す私たちのメッセージは九大生の共感をよんだ。いつか同じ志を持つ人と、互いに高め合いながら、共に歩んでいけたらという思いが、セツルメントに入る動機になかったとはいえない。けれど私の目にしたものは……。あの少年を愛することは、私には出来ない。少年に答えられるものを何一つ、持っていなかった。私は『亀有』という地名にさえ拒絶を覚えた。

セツルメント入りを知らせた私の手紙への行造の返信である。

「美術クラブもいいでしょうがセツルメントもいいでしょう。或いは全く無気力に何もしないのもいいでしょう。けれど何かをしようとすることは大変いいことだと思います。はなはだ失礼かもしれませんが、恐らく長続きしないでしょう。しかもしようとするものに対して自分の無能なることを知って失望するでしょう。けれどそれに懲りずにまた、他のものを始めるでしょう。初めは能力があると思って、けれど結果は同じでしょう。

何もしないということは、その点自分はやれるという可能性を錯覚にしろ持っていられると言う点で、非常に勝っていると思うな。錯覚であることに自分自身は気付かないのだから。自分の無力さを悟りきることは、恐らく不幸であろうと想像する。

しかし、人間は食べること及び寝ること以外、何もしないというわけにはいかない。何かしなければならない。少しやって色々くだらないことを考える暇を持つより、沢山やって考える暇のない方が、幸福であろうと思うし無力さを悟りにくいと思う。大いにやりなさい。なるべく沢山。」

十月も半ばも過ぎると、夕暮れ時、寮に帰る坂のあちこちに黄色い花を咲かせていた月見草も、茶色の花がらをつけている。欅や桜もその葉を散らしつつ、丘全体に秋色を強めていた。秋は足早やに近づき、ブラウスの上にカーデガンを羽織らせる。

十月十九日、明日は東京駅に行造を迎えに行く。母が手編みのセーターを彼に言付けたという。彼は就職試験を受けるため上京と手紙にあった。彼からも別に予定を知らせてきていた。

ホームに降り立った彼と顔を合わせた。ふっくらした包みを受け取り「有難う」と帰るつもりだった。手紙に宿は決めてないとあったのを思い出した。

「泊まるとこ、決まった？」

明日試験だから当然決めてあると思って聞いたら、まだだという。何処か知らないかという。

「明日試験でしょう？　明日よねェ？」

確か新大久保あたりは旅館街と聞いていたが、国電から見えるのは温泉マークの逆さくらげ、まさか逆さくらげじゃ駄目だろうし……と温泉マークの意味するところは正確には知らなかったが、なんとなく胡散臭そうなので、やめた。

「旅館ネェ？」

あっ、そうだ！　博多の専門学校にいった友人が、修学旅行で泊まった所、あれは確か本郷だった。高校時代の仲良しを訪ねて本郷の旅館まで行ったのだった。

「知ってるわ、連れてってあげる」

多少なりとも数学の恩を返さなきゃと思った。東京はこちらの方が少しは先輩である。

本郷には二度行ったことがある。初回は友人が出て来たとき、もう一度は東大の五月祭のときである。東大が目的というより、漱石の『三四郎』に出てくる「三四郎池」が見たかった。三四郎が初めて美禰子《みねこ》に会うシーンが印象にのこっていた。木々の間に見え隠れする池向こうの夕日に向かって立つ美禰子を見かける場面である。あんな風に、恋人となる人と会いたいものだと思っていた。

東大校内は、いたる所に「安保条約改定反対」の立て看板やアジビラで溢れ、雑然としていたが、三四郎が池付近は静かで、思い描いたとおりの佇まいをみせ、私を安心させた。

知ってるつもりの本郷も、東京駅からはよく分からず、お目当ての旅館街に着いたのは、三時をとっくに回り、薄い光線が心細く感じられだしたころだった。

「ごめんくださーい」

やっと見つけた友人の泊まった宿に大声をあげ勢いよく入って行った。彼はまだ玄関の外の方にいる。

「今晩、部屋空いていますか」

出て来た五十がらみの番頭さんらしい人はけげんな顔をしている。

「今晩、泊まれますか」

私はもう一度言った。ちょっと沈黙が流れた。

「ああ、ここは泊まれないよ」

玄関の外の彼を見ながら答えた。

泊まれない？　そうか、修学旅行専門なんだ。集団じゃないと泊めてくれないのか。

「どこか泊めてくれるとこありますか」

「水明館なら泊めてくれるかもしれないなぁ」

奥の女中さんに言っている。

番頭さんは水明館への道順を丁寧に教えてくれた。

「ごめんくださーい。すみませーん」

水を打ったただだっ広い玄関に、また勢いよく入ると、今度も同じ年格好の男の人が出て来た。今度のは頭の毛が少し薄い。

「今夜泊めて頂けますか」

その人は私をじろりと見た。

「泊まれないよ」

と、そっけない。

「いっぱいなんですか」

私は大いに落胆した。折角連れて来たのに……。

「藤屋旅館で聞いて来たんです。ここなら泊めてくれるって教えてもらって来たんです。空いてないんですか」

食い下がる私に、その男がつぶやいた。

「空いて無くもないが……」

と、まったく要領を得ない。ぐずぐずしていて、後に控えている彼をじろりじろり見ている。

しばらく睨み合った。澱んだ空気が流れた。そのとき「あっ」と思った。もしかして何か誤解しているのじゃないか、と。

「この人、就職試験受けに九州から出て来たんです。明日試験なんです。泊めてもらわないと困るんです。試験会場が東大なのです。ここから近いし……。私、他に旅館のある所知らなくって……」

番頭さんの顔がぐしゃっとくずれた。

「一人？　泊まるのひとり？」

笑っている。

「そうです。彼が泊まるんです」

私はここぞと迫った。

(四) 予感

中央線のライトブルーの快速電車を降りたふたりを、十月も末の曇り空に沈む町が迎えた。行造の試験も昨日で終わり、今日は彼が小学一年生から四年生の初めまで住んだという家を探したいと言うので、三鷹まで出かけて来たのだ。

三鷹は、新宿から快速で二十分という便利さもあって、新興住宅地に様変わりしつつあったが、まだどことなく田舎町の匂いを残していた。三鷹駅は電車庫となっており、駅の北側には何本ものレールを引き込んだ留置線が広がっている。

今にも降り出しそうな空模様である。

駅前には、食堂、果物屋など数軒、店を構えているが、商店街というには淋しい。間口の狭い店先から中を伺うと、どの店も薄暗い。薄暗さは店だけでなく通り全体を覆っていた。

井の頭の方に歩く。寿司屋、自転車屋、食料品なども扱う雑貨店等がある通りを抜ける。軒下に氷と書いた布が、ヒラヒラ忘れ去られたようにぶら下がっていた。

行造も十五年ぶりであるから、まるで手探り状態らしく、「方向に間違いはない」とか「風呂屋が在るんだ」とかつぶやきながら、少し行っては立ち止まっている。

右に曲がる三叉路で辺りを見回している。

「お風呂屋さんだったら煙突を探せばわかるんじゃない」

私は言ってみたが、道幅は狭く町全体を見渡すことが出来ない。駅からの道のりを考えればもう近くに来ているのか、彼はまた道の真ん中に立ち止まった。

「うーん」

右に折れる道に向かって唸っている。

下連雀という地名は覚えていても、番地なし、地図なしで小学四年生までの記憶だけが頼りである。と、「風呂屋だ」と言う声の前方に「富士の湯」と染め抜いたのれんが見えた。目指す家はここから五分くらいらしい。

見当を付けた方向へ急ぎ足で歩く。大谷石の門柱に生垣といった日本家屋の間に、戦後建てられたと思われる二階建ての借家風の家が軒を連ねている。所どころに左右に折れる小路があるが、小路の奥も小さな前庭のある同じような家が数軒建っていた。

「もうすぐじゃない」

「うん、角に佐藤さんという家があって、次が卵やせの家で……」

「卵やせ？」

「卵やせ。おばあちゃん子でね。卵ばっかし食ってるんだ。やせてひょろひょろして弱虫だから、卵やせ。その筋向かいがどどぐりの家。くりくり坊主で少しどもるからどどぐり、三人仲良かったんだ」

細い路地を入ったり出たりして、ここでもない、あそこでもないとふたりで探したにしては、卵やせの家も、どどぐりの家も、かんじんの彼の元住居も見つからない。

風呂屋から五分の範囲の広さを今更ながらに思った。

「私だったらもっとちゃんと覚えているわ。疎開先の天草の本渡町だって地図に書けるわよ」

「五年生までいたんだろ。そりゃ覚えているよ」

「四年生までいたんでしょ」

「四年生といってもチョットだよ。変わっているんだから。天草だって変わっていて何も分からないよ、きっと」

「本当にいたの？　いなかったりして……ふっふふ」

軽口を叩きながらも、彼は一軒一軒、表札を見たり、記憶に残る家と比べているのか、家全体の佇まいを眺めたりした。

「ちがうな」

遂に旧居探しを諦めた彼は、今度は毎日のように行った「有三文庫」を探すという。その頃学校は二部制で、午前中に行ったり、午後から登校したりしたそうである。

「有三文庫」は、山本有三の本を中心に集めた文庫で、小さな図書館になっていたという。『路傍の石』が有名で、映画にもなっており、困難に打ち勝っていく吾一少年は、戦後の苦しい時代、少年のお手本であった。

町はずれに来たのか、家並みが疎らになる。畑の広がりの先に野原や窪地が点在し、水分を含んだ空気は物の影を取り除き、色彩淡く風景全体を包み込む。

道の端に割れた毬栗《いがぐり》を見つけた。直ぐ横に小さく薄い栗の実が落ちている。栗林の横を抜けると、道はすこしずつ狭くなった。枯れ草が道の両脇からはみ出し、靴が細い草の根っこにひっかかる。

風が起こった。

小さなつむじ風が草の切れ端をくるくる巻き込み転げていく。

「ほんとにこっちの方？」

声を掛けるが、彼は一向に止まる様子がない。

垣根越しに見える庭の片隅にコスモスが揺れ、コスモスの揺れの間に濃いえんじの鶏頭の花が見え隠れした。四歳から小学五年生まで熊本の天草という島で育った私には、故郷を思わせる風景である。

彼はまた立ち止まった。

「玉川上水がもう出て来てもいいころなんだがなあ」

左手は爪先上がりの、今までよりももっと細いごろごろ道である。

「蛇いない？」

ようやく追いついた私に、

「こっちに行ってみよう」

彼はもう歩き出している。

道は少しずつ坂になり、恐る恐る分け入ると土手に突き当たった。駆け上がると直ぐ下に、幅五、六メートルの川が流れている。玉川上水である。

川の両側から木々の枝が被さるように延びている。枝えだに枯れた蔓が幾重にも絡まって川面に垂れ下がっていた。昼だというのに水面は薄暗く、水はたっぷりとたゆたい、水底の深さを感じさせる。

どんよりとした空は水辺とあいまって、今にも水滴をぽとんと落としそうだがなんとか飽和の状態を保っていた。

「玉川上水って太宰治が自殺したところよねェ」

「心中だろ」

（そうそう、愛人と心中したんだった。あの白い蛇の人とだっけ？）

川に沿った土手を歩く。堤は人ひとり通る幅で自然に道がついている。茅の群生をよけ、落葉を踏み、銀色のすすきをゆらしながら歩いていく。

回りを見回しても、右手に玉川上水、左手は野原や灌木の林の間に家が数軒遠目に見えるだけだ。雑草が這い上がって立ち枯れになっているのが歩いているすぐ横まできているので、何があるのかよく分からない。

「あった。あった」

彼の足下から左手に道が下っており、レンガ造りの門らしきものがある。墨の跡も薄くなった一枚の看板がかかっていた。かすかに「山本有三文庫」と読める。ずっと奥に、家の一画だけが西洋風になっている木造の建物の出窓部分が見える。回りは草が茂り、細やかな風草の穂がわずかな風にさらさらとゆれ、門からの細い道をますます細くしている。

「ほらね。あっただろう」

得意そうに笑っている。

「有三文庫」はひっそりとして、彼や卵やせやどどぐり三年生の彼等が、腰を下ろして「お話」を聞いた広っぱは、草ぐさに隠れてその姿は見えなかった。

藪の中に影のように現れた「有三文庫」は、まるで彼の記憶の底から無理矢理に引っ張り出され、その時だけ出現したようなおもむきを感じさせた。

彼の満足は私の満足となった。細い堤の肩丈近く伸びた名も知らぬ草ぐさの中を、私はいつのまにか彼の腕にぶらさがって歩いていた。

歩いても歩いても誰にも会わず、相変わらず降りそうな空も、どうにか降ることを思いとどまっていた。

堤をおりると突然視界が広がった。広い道に出たのだ。道を渡りきったところから緩やかな斜面となり、露出した太い木の根をよけながら歩く。しばらくゆくと急傾斜する。櫟《くぬぎ》や欅《けやき》などの木々の間から池が見えた。井の頭公園である。東京でも名の知れた公園で、中心に周囲およそ二キロの池がある。

立ち止まってふいと空を見上げる。太い木々の四方に伸ばした枝がいく重にも重なり、万華鏡の緑の図柄を見るようだ。じっと見ていると吸い込まれそうだ。

何をしても楽しく、話しては笑い、笑っては話し、大きな池をふたまわりし、池に架かった橋を陽気に渡った。

十一月間近の雨を呼びそうな空は、早くも暮れなずんでいる。吉祥寺駅前の小さな食堂に入ったころは、すっかり暮れてしまっていた。

各停の黄色い電車に乗り、新宿で乗り換える。駅の雑踏の慌ただしさに流されながら、人を受け入れぬ都会の冷ややかな見知らぬ人びとの群れの中で、ふたりは昼間の勢いを失くし、黙りがちになっていった。

目白駅を出ると、ぽつりぽつりと雨が落ちてきた。バスに乗れば女子大はすぐなのだがスクールバスはもうないし、寮まで送ってくれるというので歩くことにする。陸橋の下を電車が身体を震わすような音を響かせ通過してゆく。

ふたりは言葉少なく陸橋を渡り、学習院の赤いレンガ塀が続く細い道を歩いて行った。対面は川村女学園である。街灯はにぶく、屋敷奥の明かりがときおり漏れるくらいで、暗い。

雨脚はだんだんと強くなり、時々横を車が水煙をあげて通るが、人通りは少ない。それぞれ傘をさしていたが、人とすれ違うときに傘と傘がからむので、私は彼のコウモリに入ってしまった。

片手に濡れた傘を持ち、銀杏並木の雨の目白通りを曳かれてゆく。

こういうとき、私は何とか材料を見つけ喋りまくり、笑ったり怒ったりするはずなのに、相も変わらず彼とは調子が狂ってしまい、話もせず、かといって今日に限ってもてあましもせず歩いて行った。

三十分も行くと女子大の教科書も扱っている新書堂がある。そこを左に曲がると文京区と豊島区の区境である不忍《しのばず》通りが広がり、寮に通じる門が見える。コンクリートの塀は雨に濡れ、広い門の方は閉まっていた。

通用門から入ろうと顔を上げると、彼は振り向きもせず、門の前をスウーッと通り過ぎた。自然にコウモリ傘につれてゆかれるように私も歩き出していた。

道はゆっくりと下り、下りきると池袋へ通じる音羽通りに突き当たる。その小高い所に護国寺がある。路面をキラキラ光らせ池袋方面へ車が流れてゆく。仁王門が鋭いライトに、時にその姿を見せながら、真っ黒な塊のように建っていた。

広場のブランコや滑り台の横を抜け、階段を一歩一歩上ってゆく。両脇は鬱蒼とした木立である。紅殻《べんがら》の小さな門をくぐり、四、五段上がると平たい石を敷き詰めた参道が、雨にほのの白く浮いていた。

太い柱の観音堂の大屋根に隠され、本堂の辺りは暗い。風雨にさらされた木造の階段の奥に観音開きの扉がみえた。彼は階段に腰を下ろした。レインコートの片側が雨に濡れ、色を濃くしている。大屋根の影にすっぽり入った上半身は、彼の表情もかくしている。

私も黙って横に座る。さしていたコウモリは開いたまま、二、三段下の足元に転がっていた。雨はいつしか小降りになり、けぶるような雨に境内は静まりかえっている。外灯のほの白い光のなかに、雨の糸が見える。深い闇から際限なく降ってくる銀色の雨。

不意に強い力に引っ張られ、私は前のめりになった。上体は不自然な形で彼の膝に倒れた。彼は両腕にすっぽりと私を包み込んでしまった。身動き出来ない視線の先にコウモリ傘がある。コロンと転がった傘のまるい影がはっきり黒ぐろと感じられた。と、突然、降りそそぐ月下に姿をさらされたような気がして、私は身をかたくした。

ふたりはまるで塑像のように深く頭を垂れ、動かなかった。

どのくらいの時間が過ぎたのだろう。門限の十一時に近いと知るや、私たちは雨の中を駆け出していた。

寮までふたり走りに走ったが、門限に二十分近くも遅れてしまった。門衛さんの明かりの消えた窓に向かって、塀の外から「すいませーん。おねがいしまーす」と呼びかけて起きてもらったのだ。

「何時だと思っているのか」

「日本女子大の学生ともあろうものが」

「こんな規律のないことを」

と、ふたりはさんざん叱られた。彼はとくに厳重注意を受けた。「さよなら」と言ったかどうか、とにかく門の中に駆け込むことで精一杯だった。寮の坂を駆け上がりながら、次に来る寮監先生の叱言を思った。門限に遅れただけでも充分に責められることである。まして男の人と一緒だと分かったらどんな言葉が投げかけられるのかと、その言葉を恐れた。

玄関には小さな明かりが点り、鍵は掛かっていなかった。引き戸をそっと開けスリッパを置く棚を見る。棚は鈍く底光りし静寂と共にあった。「もしか……」と思いながら鍵を掛けた。

廊下は天上からの弱い光にほの暗い。寮監室はひっそりと寝静まっている。前をそっと通り、きしむ階段を上がった。『十五畳』の入り口に、私のスリッパもきちんと並んでいた。誰かが置いてくれたスリッパ。十一時になっても玄関の棚に残っていると、帰っていないのは誰か、一目で分かる仕組みになっている。

息をつめ襖を開ける。幹江さんが「おかえり」と布団の中から声をかけた。他の四人はすっかり眠っている。「ごめんなさい」といいながら布団を敷き、すぐ布団に入ったが眠れない。顔はほてっているのだが、晩秋の夜の雨は、私の手足を芯から冷やし、訳の分からぬ興奮が身体中を駆け巡っていた。

私の気配を感じたのか、隣の幹江さんが「眠れないの?」と声をかけ、そっと掛け布団の片側を揚げてくれた。私は黙って彼女の布団に滑り込んで、暖まった布団のなかでうつらうつらしたのだった。

「野崎さーん、野崎さーん」

私は玄関から直接上へ延びている階段の下で呼んだ。寮の裏手にある彼女の下宿にきていた。

野崎文は高校時代の一年下の友人である。時事クラブで知り合って仲良くなった。彼女は早稲田大学の第二文学部〈後に第一文学部〉社会学科の一年で、社研〈社会科学研究会〉に所属していた尾中正輝と同棲こそしていないが夫婦同様の関係にあった。当時、六〇年安保前後の早稲田界隈はペアを組んだ活動家が多く、半同棲の生活をおくり、議論と闘争に明け暮れている人たちがいた。

「あがれって言ってるよ」

階段の上の狭い踊り場に半裸の尾中さんが立っている。上がると襖が開いていて、布団の上にシミーズ姿の彼女が起きあがった。ちょっと複雑な表情をしたように思うが、

「話があるのよ、出て来てくれない」

狭い部屋いっぱいに敷かれた布団の枕元に座り込んで、私は言った。彼は「寒い」と言いながら彼女の横に潜り込んだが、私はそのまま動かなかった。

私の現実の時間はある時点でストップしてしまい、自分が何を考え、どんな状態であるのか全く分かってはいなかった。ただひたすらぼーっとし、彼に肩を抱かれたというそのことに衝撃を受け、すべての機能を停止させてしまったかのようであった。

今まで読んだ数々の小説も、たった一つの事実の前には、何の役にもたたなかった。

彼女の下宿から二筋ほど行けば夏目漱石や島村抱月、森田草平の墓がある雑司ケ谷墓地である。都会の真ん中にあるにしては広く、墓地に沿って池袋方面に行く細い道がある。大人三人でやっと囲めそうな欅や楡の木が、区画された墓地のいたるところに枝をひろげていた。

新緑のころは柔らかな葉が春の陽射しにゆれ、夏は涼しげな木陰をつくった。舗装されていない道や墓地は木立に深ぶかと囲まれて、常にじめっとしていたが、都会に馴れない寮生にはやすらぎの場所でもある。

墓地の中央付近にある漱石の墓の前で、しばらく彼女を待った。

「有楽町までついてきて」

彼と彼女の枕元で座り込んでしまった私を見て、「すぐ行くから」と、彼女は答えた。

午前九時ごろの墓地には誰もいない。ざわめく高い梢の一画がぐらりと崩れ、地面がくるりとまわるような危うさを感じながら、墓の石囲いに腰を掛けた。

昨日から引き続きの重たい空の下、カラスばかりがカアカアととびかう墓地で「今日はとにかく行造には会えない」と、そのことばかりを思っていた。

朝から授業をほっぽり出し、呆然と座っていた机の前から、次におこした行動がこれだった。

彼は明日二時、有楽町の東京よりの改札口でと、告げていた。私も、そのときは承知していた。けれど今朝、どうしても会えないと思ってしまった。会ったら終わりだと考えた。いま会えば一生あの人を嫌いになるだろう。何が何でも今日は会ってはいけない。会ったら終わり、多分見るのも厭になる、私のなかでそのことだけが火花のように弾け、ぐるぐる回転していた。

私は、彼を嫌いになりたくなかった。

墓地へ来た彼女と池袋までの二十分の道を黙って歩いた。彼女も黙っていた。

有楽町の伝言板に「今日は行けない」とだけ書いて帰りの国電に乗ったとき、まだ昼前だったにもかかわらず、きのうから今日までの一日がやっと暮れてゆくのを感じていた。

国電のゴトゴトという振動を身体全体に受けながら、私は少しずつ自分をとりもどしていった。

昼から、みんな出払った部屋にひとり布団を敷いて寝た。

机の上の時計は二時をまわっている。くたくたに疲れていた。「有楽町で会いましょう」といま盛んに歌われているあの喧噪の街角で、私を待っているだろう人のことなんか、絶対に考えたくなかった。

(五) 悲劇と喜劇

雨の音で目覚めた。遠くから揺さぶられるような感覚で忍び寄ってきた音を、雨だ、と分かるまでにそれほどの時間はかからなかった。

まだ明けきらぬ部屋は、ザーッという雨音に満たされ静かだ。『十五畳』に六人、それぞれが机を頭に布団を敷いて寝ているはずだが、雨の音が周りを遮断し、私を安らかな気分にしている。

さめきらぬ頭のなかで、何かいつもと違う重大なことが自分に起こったようだが……と漫然と思った。それが一昨日からの一連のことだと夢からさめるように思い出されたとき、あの人はどうしただろうと思い、それでもやはり行かなくてよかったんだと自分自身に言いきかせた。

「面接は十一時頃終わりました。昨夜は一睡も出来なかったので、さすがの僕も食欲がなくニュース館で時間をつぶし、二時に有楽町の駅に行きました。伝言板のあるのに気がつかず、三時まで待っていました。

手紙に書くと自分の気持の十分の一も表せないので何も書きません。不思議なことに今まで国鉄の一次試験に通るなど考えなかったのですが、今では通っているような気がしてなりません。もう一度上京します。きっと。

建設省の面接のほうも失敗はしませんでした。

今から妹に土産を買って帰ります。今度上京するときは会ってくれますね。お元気で」

駅の伝言板に「今日は行けない」と書いた翌日に、有楽町にて、とあるハガキが届いた。昼下がり、薄暗い寮の廊下の隅で、はしり書きのハガキを手に、頬から顎にかけた線に鋭さをみせる下向きかげんの行造の表情を、思い出していた。

学校の方は教養課程の数学、社会学、生物学、英語と高校時代とあまり変わり映えのしない授業である。生物の実験、蛙の解剖は若い女の子たちをきゃあきゃあ言わせながら進んだが、何故、ああも大仰に騒ぐのかと私自身はどこか醒めていた。肝心な文学に関する扉は、一向に開かれる気配が無く、大学生というには幼すぎる級友たちの間でとまどっていた。

昼からの授業を終え、購買部で買い物をして寮に帰る。

『十五畳』の襖をスーッと開けた。

「わぁっ、びっくりした」

顔がぶつかるように幹江さんがいた。

「似てるのよねーェ。本当に似てるのよね。冴子さんかと思った……」

幹江さんが私を見詰めている。

「この前も信子さんから言われたの。そんなに似てる？」

「ちょっとしたしぐさ、感じがそっくりなのよ。冴子さんが……と思っちゃった」

冴子さんというのは、いま寮にいれば幹江さんと同じ三年生。裏日本の町、鳥取の倉吉の出身で、色白の声の大きな健康的な感じの人だったらしい。古い因習の残る町にあって、激しいものを育て持っているような人だったという。慶応の学生と恋をし、去年子供ができ女子大を止めたという。

私がその冴子さんに「似てる、似てる」と入寮したころから、なにかにつけて上級生たちが言う。私はなんとなくその人の残像が自分に乗り移るようで、とまどった。

冴子さんと同室だった信子さんの言葉がある。

「そのころね『梅干し買ってきて』って言われたんだけど、私一年生だったでしょ。何にも分かんなくて、ただ買ってきただけなの、『はーい』って。今から思えば悪阻だったのよね、私何の役にもたたなかった……。学校を止めるころは、教室にも行けなくって、ほとんど寝てばかりだったのよ。食事にもでてこれなくって、丁度冴子さん、寿子さんと一緒にお主婦様の時だったの。お主婦様って色々たいへんじゃない。寮生のお手本だし、監査役みたいなところあるでしょ。とてもつらかったと思うわ。お部屋もね、みんなと一緒じゃまずいっていうので、玄関の隣の客間に使ってた部屋あったじゃない、あそこにひとりだけ移されてね、寝かされていたのよ。誰も声かけなかったし、また掛けられる雰囲気では無かったわね」

冴子さんはいつの間にか居なくなった。『良妻賢母、貞節を重んじ……』という校風に寮生も寮監も、このことに関しては、秘めて行動した。一時は冴子さんと名を口にするのも悪いことのような空気が寮内にあったという。

ただ私が入寮したころは、寮の雰囲気も変わり、そういった重苦しさは無く、冴子さんに対する非難らしい言葉を聞くことはなかった。どちらかといえば、冴子さんは寮生のなかに、一種の憧憬をもって浸透している感じさえあった。


国文科の方は、近代文学でやっと森田草平の『煤煙』がとりあげられる事が決まり、秋の深まりと共に、文学部の学生らしい気分を味わった。

『煤煙』は森田草平と、明治の末に自由恋愛、自由結婚を謳って『新しい女』とされた平塚雷鳥の恋の話である。雷鳥は日本女子大の出身である。

草平の師である夏目漱石が『煤煙』を読んで、俺ならば……と書いたのが『三四郎』だといわれている。『三四郎』の美禰子は、ストレープシープと謎の言葉を残し、三四郎から去るが、私はこの小説をはじめ、『それから』『心』と漱石の作品のもつ高潔で知的な雰囲気に強く惹かれていた。

そのころになると行造との手紙の遣り取りは、自然な形で復活していた。

「私の男性像といえば、漱石の『それから』の代助や『虞美人草』の宗近君や甲野さんであり、志賀直哉の『暗夜行路』の時任謙作なのです。どの男性も性格こそちがえ、『生きる』という意味において、真摯に行動するインテリジェンスの高い男たちだと思うのです。なかでも『虞美人草』の宗近君は大好きです。おおらかで、一見いい加減な人のようだけど、妹の糸公との会話は暖かくて、大きくて、包み込むような愛情があってとても好き。甲野さんは神経質で繊細で、線の細い人だけど、本質を見極める冷徹な感じが好き。

特に叡山に登るときの二人の会話、様子、友情、雰囲気に憧れます。男の人同士の友情ってあんななのかなぁと思います。

でも、藤尾の扱いは納得できません。藤尾に対する宗近君の行動は、全く理解出来ません。糸公に対して無限の包容力をみせる宗近君の行動とは思えないのです。

漱石は女性を理解していないのではと、不服です。漱石の時代、女性は男性より全てにおいて劣ると思われていたのでしょうか。知的はもちろん、感性においても。そうでなければ、あのような結末にはならないのではないでしょうか。最後の甲野さんの日記『悲劇と喜劇』が先にあって、その具体化のために『虞美人草』を書いたのでしょうか。それにしても納得のゆかない結末です」

『虞美人草』は一般には『驕慢な女、藤尾を中心に我執と道義の相克を描いた作品』と紹介されている。『我の女は虚栄の毒を仰いで倒れた』と表現された藤尾であっても、皆でよってたかって憤死させたという印象をぬぐいさることはできなかった。

恋というのは、倫理や道義とまた違った、もっと理不尽な力ではないかと漠然と思っていた。

行造は、国鉄の一次試験に合格し、十月二十七日、二次の面接を受けるために再び上京した。私たちは目白駅のホームで待ち合わせ、私は大騒ぎした割にはなんの屈託もなく、当然のように彼と会った。

彼は建設省と国鉄のいずれに就職するか迷ったあげく、国鉄に決めた。就職試験というおおきな出来事と、一つの方向に自分の先行きを決めたということのためか、虚脱感にみまわれたらしく、いつになく弱気な手紙をよこしたりした。

彼には、大学院の修士論文が次に控えてもいた。それが少しずつ彼の日常を圧迫し始めていたらしいが、抗うように相変わらず映画に週、二度は行くといった生活を送っているらしかった。

「映画ばかり行ってるだろうとのお言葉ですが、『六番目の幸福』以来一本も見ていません。映画に行く暇も惜しんで修論に打ち込んでいると言いたいのですが、実は十五日にくれるはずの奨学金が月末に延びて、お金が無くて行けなかったのです。かかる国家有用の人物に苦労をかけるとは、総理大臣である岸君の怠慢であると非難してたのですが、それでもっぱら悲劇に徹していました。

「貧乏人は麦をくえ」で、池田勇人はけしからんと世間は騒いでいるが、甲野君の言葉を借りると、米か麦か、これは喜劇である。この女かかの女か、これも喜劇である。勉強か遊びか、これも。一番館の朝日会館か月遅れの名画座か、凡人が朝から晩に至るまで、心身を労する問題は皆これ喜劇である。

しからば悲劇とはなんぞや、生か、死か、これが悲劇である。

我が解釈によれば、生きることとは食べることと寝ることとである。腹を空かさないため早寝、遅起き、昼寝、と寝てばかりいたのですが、新聞に十六時間以上寝ると炭酸ガスが体内に蓄積されて害があるとのことで、昼寝は止めにしました。二週間ばかり悲劇に徹していたのですが、悲劇はもうこりごりです。

子猫のチロちゃんも悲劇に徹している。食べる事ばかり考えている」

「チロは元気のようですね。

寮でも悲劇はおおはやり。私の横で、今夜はバナナを買って来てアイスクリームにのっけて食べるんだと、二人、相談しています。ついでにおでんも買って来ようということにきっとなるでしょう。

この前も、部屋の人たちとおでんを食べに寮を抜け出したとき、やっぱり食べる事が一番だとか、いや眠ることだとか、議論になりました。

お年頃いっぱいの女子大の寮でさえ色めく喜劇はなかなか起こらず、悲劇がゴロンゴロンと転がっています」

私たちは『虞美人草』の甲野さんや宗近君を友人にして、悲劇だの喜劇だのと言葉を並べては、自分たちも登場人物の一員であるかのように話し、遊んだ。

お互いにどんな映画を見たかといったことも常に話題になり、『アンネの日記』は是非見ろとか、私の勧めた小津安二郎の『お早よう』は駄作だったとか、書いてきた。なかでも『暗夜行路』の時任謙作については、映画と小説を比較しての論評だったが、同じ作品について語ることで、私たちは自分というものを相手に伝えようとしていた。

学生運動は各大学に拡がりはじめ、学校間の連携も密になり、女子大も地理的に近い早稲田や東大の影響を受けつつあった。

少なくとも当時の学生たちは、政治や社会の見張り番的役割を果たさねばならない、または果たしていると自負していた。安保闘争にのめり込む、のめり込まないは別として、社会に起こる出来事、風潮に対しての責任を学生の分として持っていたように思う。学生は大体において貧しかったが、学生であることに誇りを持ち得た時代でもあった。

早稲田界隈は早くから安保に向けての活動が盛んだったが、豊坂を一歩上がった女子大は立て看板一つ、アジびら一枚ない所であった。

十一月に入ると、時代の波は確実に女子大にも押し寄せ、学内の空気も緊張をはらんできた。正門横の瀟洒な講堂の前にも、社学の連中の呼び込みのメガホンが並び、安保反対の立て看板が遠慮がちに出ている。午後の授業を終えた連中が、何人かかたまりになって、講堂に吸い込まれていく。私はひとりで入っていった。ほとんど満席にちかく、安保を論じなければ学生ではない、といった風潮のもたらすあせりのようなものが、大多数の学生をかりたてている。

タイトスカートにブラウス、その上にジャケットといった同じような姿の学生たちは、自分たちが今なにを要求され、成さなければならないのかという不安のために、一様に上ずった様相を見せて座っていた。

私は高校時代から引き続き社会問題に関心は持っていたが、亀有セツルメントの件もあって、一歩踏み出せない心理状態にあった。

貧しい境遇に育った少年の、一人の青年に対する執拗な執着心に一種のおぞましさを感じたのも辞めた理由であったが、セツルメントにつどう男女学生にも馴染めぬものを感じていた。社研は辞めたけれど、高校時代を惰性のように引きずって、新聞部に席を置いた。

「私は新聞部に名前は入りました。けれども一度もちゃんと出席したことがありません。やはり難しいのじゃないかと思います。部では、マルクス主義だの共産主義だの安保だのと言葉が飛び交っています。でも私は一緒にいても溶け込めないのです。私のすることは何か他にあるのかも知れません。

今日は一日どんよりと曇っていました。

『都に雨の降るごとく、わが心にも涙ふる』という詩が頭を掠めます。私のすること、私を捕らえて離なさぬ何か、そんなもの、それが早く見つかって欲しいと思います。努力と根気がないからかもしれません。一つ事を十年もやると、自然と自分のものになるそうですから」

「先日はお便り有難う。返事遅くなりごめんなさい。この四、五日とっても忙しかった。大学院ではほとんど輪講（順番に論文を読んで、内容を説明するもの）です。それが先週から今週にかけて集中し、勉強せざるを得なかったのです。

誰だって一度はマルクス主義について色々考えるだろう。僕は入学当初はマルクス主義なるものを全く知らなかったのに、マルクス主義崇拝者だった。しかしマルクス主義の行動派にどうしてもついていけなかった。学友会は共産党細胞の集まりみたいで面白くなかった。

今では、マルクス理論は否定しないけれど、共産主義には否定的になってきた。共産党や社会党左派の人々の行動は、国民から完全に浮かび上がった感じがする。学生の社会運動も、どうも地に足がついていないように思う。

弁証法によれば社会主義運動をおおいに行うことが必要らしい。なぜなら量は質を生むらしいから」

彼からの手紙には、マルキスト、共産主義者のなかに、すべてとは言わないが、少なからず自己本位な冷やかな人間がいると思うという記述もあった。が、私はセツルメントや学生運動の人たちのように、献身的になりえない自分に小さな挫折感を持っていた。


いま壇上では眼鏡をかけたショートヘアの学生が演説をしている。たくし上げた黒いセーターの袖口から華奢な腕が見える。話すたびに白い手がひらりひらりと宙を切る。語り口は穏やかで、弁士によくある抑揚のきついアジテーションはなく淡々としていた。

何故、今自分たちは立ったか、立つ必要があったか。ほっておけば自然に批准されてしまう安保を知らなかったと済ましてもいいのか。

時々聴衆の笑いをとりながら、柔らかく冗談を混じえ彼女は語りかけていた。その態度は、どこか男っぽく悠々たる自信に溢れている。

（なんて頭のいい人。この人はこれからどんな人生を送るのだろうか）

信じるものを持つ強さを彼女に感じ、信じるものの存在をいまだ持たない私は、明るい演壇の彼女を見上げていた。

講演が終わって外に出る。吹き寄せられた落ち葉に薄寒さを重ね、シャツの衿をかき合わせながら、明かりのつきだした寮舎に向かった。

その夜、彼に長い手紙を書いた。彼は今、何を考えなにを思い生きているのか。少し前に来た彼の手紙が小さな引っ掻き傷を残していた。それは英語が苦手という私への返事ではあったのだが……。

「僕も英語は大嫌い。英語が嫌いということは変わりなくとも、勉強する方法による面白い、面白くないといったことはあるでしょう。一生懸命予習して授業に出てごらんなさい。好きになれなくても喜びはあると思います。喜びが積もり積もって、ついに『好き』であるという錯覚に陥るでしょう。

錯覚による『好き』では満足出来ませんか。『好き』と錯覚することは素晴らしいことと思います。もしかしたらこれが本当の『好き』なのかもしれません」

「錯覚による好きでは満足出来ませんか」という言葉を私は私に投げかけられた言葉として受けとめた。

『好き』と錯覚することは素晴らしい？　錯覚は錯覚ではないか。「あァ、錯覚でした……」と夢から覚めるように分かったとき、そのときどうするのか。

私は『好き』と錯覚するのもされるのも厭だ。まして私でない私を、私と思われることは許し難い。彼が考えている私というのは本当の私なのであろうか。もしや、彼は見誤って私でない私を愛しているのではないか。私はより正確に自分を伝えようとしているが、彼は本当の私を見てくれているのだろうか。だからといって、自分でさえ、自分がいかなるものか分かっていないというのに……。

私の繰り言を、彼は億劫な奴だと思うのではないか。いやいや、でも書かなければ承知できない。

「何がどう不安で寂しくて恐ろしいのか、よく分からないのですけれど、どうしていいか分からないときがあります。そんな時に、何か大きなもののなかへ、ぽっと入り込んで、安心したいと切に願います。けれど、いくら安心したいからといって、いい加減はどうしてもいけないと思いました。

安心するにはそれだけの努力が払われなければいけないと思いました。私はその努力のきつさや途中に於ける惨めさや空しさが、とても恐ろしく感ぜられます。できることなら何も感じないで、できるだけ何も思わないで逃げ込みたいと思いました。しかし、これは卑怯なことです。

この手紙を出すことを迷います。けれど、いつまでも今の平和な状態に甘んじていていいのでしょうか。もし眼前に幸福と呼べるものがあったとして、それは考えかた一つで安易に手に入るものだとしても、そうして得た幸福は『錯覚の幸福』と考えます」

「おお、よし、よし、君はなにを言っているのか」となだめすかしてもらいたいと、思いながら長い手紙を書いたのだった。

しかし、彼からは相も変わらず映画の話と、勉強しろと、食って寝たという悲劇の報告が届いていた。

そういうなかに、

「今日は十五夜ですかね。月の光に打たれて寝ると素晴らしい夢を見るそうです。『夢の話』という本に書いてありました。お元気で」

という文面があった。

その夜、私はいつもの寮の冷たい布団のなかで、「月の光に打たれて寝ると素晴らしい夢を見るそうです」という彼の言葉を反芻《はんすう》しながら眠った。

（六）ヨルイテシイア

池袋は、早くも師走の雰囲気であった。赤や緑のイルミネーションが店先で光り、スピーカーのジングルベルが騒然とした通りを囃していた。

街には水原弘の歌『黒い花びら』が流れていた。電車通りから地下へ急な階段を下りると、喫茶店とも小劇場ともとれる店があった。中央奥にステージがあり、水原弘はその店で歌っていた。彼はまだ駆け出しで、私たちと同じように若かった。
「もう恋なんかしたくない、したくないのさ」と歌う彼のニヒルな表情は、若者の渇望感と混ざり合って青年たちをとらえた。彼にぴったりと寄り添う年上の都会的な女の影が、苦しい恋の歌い手をよりドラマチックにみせていた。

十一月二十七日、安保条約改定阻止を叫んで集まったデモ隊は、ついに国会周辺になだれ込んだ。全学連を中心にした学生運動は、歌声運動と共に各大学に波及しはじめていた。

新宿の歌声喫茶「灯」も、学生たちにうけ、男女学生で溢れかえっていた。入り口で歌詞を書いたガリ版刷りの小冊子を貰いなかに入る。店内は薄暗く、見知らぬ人たちと肩を触れあわんばかりに、テーブルを囲む。バラライカが飾ってある山小屋風の店内は、ここが日本の、東京の、新宿も歌舞伎町の、前を国電がうるさく通る喫茶店であることを忘れさせる。

ロシアの民族衣装を身につけたギターを弾く男たちの指導で、インターナショナルが歌われ、ロシア民謡がはばを効かせていた。

夜霧のかなたに別れを告げ
雄々しき益荒男《ますらお》いでてゆく

男女学生入り混じって歌うとき、男子学生は正義のために戦う益荒男に、女子学生は、彼等を見送る健気な乙女に生まれかわる。

ロマンと悲壮感の漂う歌声運動は、安保へ向かう気持をいやがうえにも高揚させた。安保なのか、青春なのか、青春が安保なのか。安保そのものを知ろうと知るまいと、一つのムードは巨大なエネルギーとなってゆく。

高校時代同じ時事クラブだった野崎文も、早稲田の社研に入部し、社研の中心人物である尾中正輝と共に活動していた。

彼女は春吉にある「和平ホテル」という旅館の娘である。

その頃の春吉界隈は、昭和三十三年に施行された売春防止法で、表だっての売春婦は姿を消していたが、ほんの一年前までの赤線地帯の風情を色濃く残していた。

家庭は複雑で、彼女自身兄妹が何人いるか分からないという入り組み様である。父親と母親の他にお妾さんが同居しており、前妻の長男夫婦にその子供たち、彼女と同腹の兄や姉妹と暮らしていた。実権はお妾さんと長男夫婦が握り、実母は女中さんなみの扱われ方である。

彼女は高校二年の秋に東京に家出をした。私たちはほとんど毎日のように時事クラブの部室で会っていたし、私の家にもよく泊まりに来た。彼女の家出に最初に気づいたのは私だった。家出は言葉としては知っていたが、親友が現実に起こしたことに私は少なからず衝撃を受けた。ごく普通のサラリーマンの家庭に育った私には、彼女の環境も、行動もどこか不思議、どこか魅力的、に思えた。

彼女は、演劇部にも所属しており、『ベニスの商人』のポーシアを演じたことがある。黒いベールに包まれた切れ長の目はいわくありげで、踊りの褒賞として愛するヨハネの首を求めたサロメを演じる方が、より似合いそうな雰囲気を持っていた。

大学入学後間もなく、三人の早稲田の学生が彼女の周りに現れた。三人の中に尾中さんもおり、彼と彼女は急速に近づいていった。

彼は精悍な顔付きの人だったが、どこか冷たい印象を受けた。北海道の炭坑町の出身で、両親はなく、姉夫婦の援助とアルバイトで学生生活を送っていた。

彼女が尾中さんにひかれる気持も分からないではなかったが、だからといって、彼女を幸せにする人には見えなかった。「止めた方がいい」と言おうと思っているうちに、彼等は深い関わりを持つようになっていた。

彼女は第二文学部だったので、夜は授業である。昼間の空き時間にアルバイトを見つけ働き出すが、その稼ぎはすべて尾中さんとの生活費に当てていた。学生運動が盛んになるに連れて、彼の生活の大半は彼女によって支えられた。そのころは彼等の恋愛も、活動も、盛んなころで彼等は一種のヒーローであった。

十一月二十七日の国会へのデモが終わると、女子大はまた、静かになった。一部の学生は他大学の学生と合同で活動していたと思うが、少なくとも私たち一般の学生は、落ち着いた日々の中にいた。

木曜日の二時間目は、川田先生の英語である。生物実験の後始末にとまどって、十一番教室のドアを開けたときは大半の学生は着席していた。授業前のざわめく教室を私は座る場所を探して見回した。もう入学から八カ月が過ぎようとしているが、相変わらず教室は線を引いたように二分されている。

国文科は総勢八十九名のクラスであるが、およそ半数は下からのエスカレーター組である。日本女子大の場合、大学の付属として、幼稚園、小学、中学、高校がある。

卒業証書を花嫁道具の一つと考えて、大学につながる付属に通わせる親も多く、自然、思想は保守的である。良妻賢母を旨とする校風は、そういった父兄や卒業生によって、しっかりと受け継がれていた。彼女等は高校からの入試組もいるが、ほとんどが小学、中学からである。すでに学校にも友人にも馴れ親しんで、友だち関係は出来上がっている。

我が子をエスカレーターに乗せるくらいだから、経済的にも豊かな家の子女が多い。センスの良い上等の服にショルダー、小脇にかかえたノートにさえ都会の香りがした。彼女等はいくつかのグループを形成し、彼女たちが移動すると、大輪の花が校庭のあちこちで揺れるようだった。

大学受験組は東京や東京近郊の者もいるが地方出身が多い。自宅通学でない者は全寮制のため皆寮に入っている。地方の素封家の娘もなかにはいるだろうが、寮費を払っての学校生活であるから地味である。親や教師の勧めがあったとはいえ、一応は自分の意志や選択によって、日本の中心である東京へ出て来たという自負もある。私の場合も博多から列車で二十三時間の道のりであった。

この二つは容易に交わらない。今も教室は真ん中から二分され、窓際はエスカレーター組が占領している。

「クミコ、冬休みハワイだって？　いいな。いつから行くの」

「二十日？　冬休み入ってすぐじゃない、お正月もあちらなの、すごい！」

ざわめきをかき分け、窓際から弾んだ声が届く。

当時、外国へ行くと言えば外遊といわれ、特別のことで、羽田空港へ家人はもちろん、友人、知人までが送りに行くという時代である。

受験組は高校三年間、曲がりなりにも受験を念頭において過ごしてきているので、頭の良さ悪さに関係なく、試験そのものに馴れている。その結果、前期の試験で欠点を取るということは無かった。

生物や社会学は大量の欠点者を出した。特に三十人は落ちると恐れられた社会学は、実際は二十一人だった。それでも四人に一人の割合である。その全てがエスカレーター組だったので「おっこちるのはあちらに任せましょうよ」という受験組の声も聞かれた。

川田先生の英語の授業が始まり、リーダーを読む先生の声が教室を満たしていく。

いつものように先生は和服である。その日は泥大島の着物に、一越縮緬の丈の長い羽織姿だった。六十歳ちかい小柄な先生の声は細いが、ピンと張った背筋が小気味良い緊張を生徒たちに与えていた。

机の上のリーダーを追っている目に、横を通る先生の足下が見えた。ゆっくりとした抑揚に合わせて、裾から覗く白足袋が動く。木造校舎の黒くささくれだった床にリズムを刻む足の運びであった。

先生の夫も哲学の教授である。哲学には受験組もエスカレーター組も一様に悩まされたものだ。

午前中の授業が終わると、寮生は寮に帰っての食事である。ときに学食に行くことはあるが、その分余分な出費になるので、余程の用でも無い限り寮に帰る。

昼の寮の食堂は、お主婦様のもと一斉に食べる朝と違って、帰寮した順に、かってな所に座るので、気のあった者同士とても賑やかである。

帰寮するとまず状差しを見る。

「なんだ、三通よ。きてない、きてない」

今日は珍しく一年生全員が揃っている。私を入れて六人、教育学科の則子さん、英文科の礼子さん、史学科の由紀子さんたちとパンを焼く。もやしのバター炒めと紅茶。

茹で玉子一個。日によってもやしがキャベツに、茹で玉子が目玉焼きに代わることはあっても、これが大方のメニューである。

「ちょっとは変わった物食べたいよねー」

「ほんと、ほんと、毎日毎日もやしかキャベツ。これじゃ単に餌だよね」

「エッ、エッ、なに言っておるんですか。ごちそうですよ、ごちそう。贅沢をいっちゃいかん」

美人の令子ちゃんがまぜっかえした。

「うそばっかー、文句ばっかし言ってるくせに。ねぇー」

と、私。

上級生がいないことをいいことに、今日の一年生は元気がいい。

新聞を見ながら食事をしていた則子さん。

「わぁー、ちょっと見て別荘！　すごいね伊豆だって。温泉も出るんだって」

写真入りの広告を広げている。みな一斉に覗き込んだ。

「ここにいる人のなかでさ、別荘持てる人でるかな」

「玉の輿にでも乗って？」

「そう、そう」

皆、顔を見合わせた。

「出ると思うよ」

ニコリともせず由紀子さん。彼女はいつも平然としている。一年生のあいだでも一番落ち着いていて、みんなの要である。

「へーェ、すごい。誰か一人でも持ったらいいね。みんなで使ってさ、私も加えてよ」

「いいよ。ただし……」

ここで彼女はみんなを見回した。そしてまた、平然と言ってのけた。

「別荘は別荘でも動く別荘だよ」

「動くの?」

「そう、車でさ、行った所でテントを張るのよ」

「なんだ、テントか! でも車、どうするの、ハハハ……車買えなくて、リヤカーでさ」

車がやっと普及し始め、昭和三十四年のこの年はマイカー元年といわれた。日産のブルー・バードが六十八・九万円。大学卒の初任給が一万二千七百円といわれた時代である。

「リヤカーに毛布のっけて、鍋のっけて……」

「後ろから誰かが押して?」

「ついでにさ、コウモリ傘、上に広げてさ」

「コウモリ?」

「暑くっても、雨降ってもいるでしょうが……」

誰かがいばって言った。

「ハハ……リヤカーね」

「リヤカーだって、リヤカーにコウモリだってさ」

お昼の一年生は無邪気に笑い転げている。

もうすぐ冬休み、東京の生活に馴れたとはいえ、家に帰られるという安堵感がみんなの気分を解放している。

寮の丘に吹く空っ風と共に、冬休みは確実に近づいていた。

行造から手紙が来た。彼はいよいよ修論に追われ、毎日ひっ迫した日々を送っているようだ。修論になかなか取り付けないこと、計算式が見つからないこと、どんどん日数が減ってゆくこと。文面にあせりが見え、手紙の文字が雑になっていた。

家に帰る日が近づくにつれて、私は彼に会うことに億劫さを感じるときがあった。どんな顔をして会えばいいのだろうか。屈託無く、明るく「只今」という元気は無くなっていた。何か一つ跳び越えなければならないハードルのようなものを感じていた。


四カ月ぶりの我が家の玄関をガラリと開けた。チロが飛び出して来たが、私だと分かると「ふん」という顔をした。

チロがまだほんの小さいころ、丁度今のように玄関から急いで上がり、迎えに出たチロを、勢いあまって蹴飛ばしたことがある。チロの体は一メートル程床を滑り、ふにゃっとした感触が足先に残った。それ以来チロは必要以上に私に近づかない。

「おお、ありがたいお迎えだこと」と言いながら、茶の間に入った。

もう着くころだと母はお昼を用意して待っていてくれた。学校や寮や試験の結果などひとしきり聞いて、母は夕飯の買い物に出かけた。母が出かけた後も私は掘炬燵でぐずぐず時を過ごした。

二階に彼が居ることは分かっていた。北側の薄寒い六畳で、小さな火鉢一つを横に、机に向かっているだろうと想像出来た。柱時計のコチコチと秒を刻む音が部屋中に響く。

昨日東京駅の売店で、緑色のコールテンで作った河童を買った。身長十センチ足らずの河童は黒い目に尖った鼻、頭に白と緑のコールテン二枚仕立ての皿を乗せている。頭に細い紐がついていて、それを指に引っかけ、さっきからぶらぶらさせている。

「行ってこよう！」

声に出して炬燵から出た。

彼の部屋の襖をトントンと叩いた。

「はい」

落ち着いた声がした。

河童を後ろ手に、私は部屋に入った。思った通り机に付いていた。振り向いた彼から白い歯がこぼれた。

「やあ、お帰り」

「只今」

私は立ったままこたえ、河童を突きだした。

「おみやげ？」

「そう、おみやげ、東京駅から付いてきちゃった」

ひょうきんな河童は彼の手に渡った。

「東京駅から先導してくれたのか」

彼は頭をチョンと指でつついた。河童はぶらりと揺れた。

四角な箱火鉢の横に座る。畳のひんやりとした感触が足に伝わってきた。火鉢にかかった小さなアルマイトの薬缶から白い湯気が立っている。彼は薬缶をずらし、灰をかき分けた。真っ赤に熾《お》きた炭が、割れた石榴《ざくろ》のように現れた。

「寒いね」

「うん」

小さな火鉢をなかに対座したふたりは、同じように手をかざした。

「おかえり」

正面から私をみすえて彼は言った。
私は、
「ただいま」
と、正面向いて応えた。

カシャ、カシャ、カシャ、規則正しい計算機の音が、部屋の空気を分断するように響いている。十二月も末近くになると、他の部屋の学生たちは皆帰郷していた。

彼は修論がほとんどできていず、一日中机に座りっぱなしである。着丹前に兵児帯をしめ、部屋の右端に置かれている机に向かい、座布団にきちんと正座している姿を、私は後ろから見ていた。

黄八丈の背筋はピンと伸び、右手は計算機を回している。薬缶のチンチンと鳴る音に計算機の音がからまって部屋を占領し、午後の時間はゆったりと流れていく。

お土産の河童も、左手横の電気スタンドに寄りかかって、彼を見ている。

奥の北側にも廊下が通っている。その廊下との間には障子が立てられていた。障子にはガラスがはめ込まれており、透明のガラスを額縁状に磨ガラスがかこみ、透明な部分に、透かし彫りの山や舟の細工があった。八枚のガラスは湯気のため薄く曇っていた。

外は粉雪が舞っているらしい。二重になったガラス戸を通して、白いものがちらちらしている。風の方向が微妙に変わるのか、左右に飛んだり、廻ったりする。羽虫の動きに似ている。

博多に粉雪が舞うころは、冬の季節のなかでも一番寒い。こういう日は空は高く、空気はひきしまり澄んでいる。

火鉢の横の小さなお盆に、背の高い湯飲み茶碗が急須と一緒に置いてあった。長く使った物か、萩焼特有の光沢を持った茶碗は、上から下に一本細くひびが入っている。

薬缶の湯を急須に注いだ。計算機の音がピタリと止まった。部屋の空気の一角が崩れる。

「散歩に行こうか」

「出来た？」

「出来ない。もう一度始めっからやりなおし！」

彼はちょっと伸びをするような格好をして私を見た。

「やりなおしって……間に合うの？」

私は不安気に聞いた。

「あわす」

そう言ったとたん私を抱き寄せた。私はやはり抵抗した。横で急須がひっくり返ったようだったが、彼からするりと逃がれて階下に駆け降りた。

下には誰もいず、夕闇せまる座敷にへたりこみ、冷え冷えとした畳に頰をつけてじっと目をこらしていた。真上は彼の部屋である。二階はコトリともしない。沈黙のときが流れた。

私は二階に上がって行った。彼に済まないような気がしていた。火鉢を前に、彼は待っていた。彼は私を受けとめそっと抱いたが、それ以上のことはしなかった。

火鉢一つの部屋で、彼のオーバにふたりでくるまって、真っ赤な炭をじっと見つめていた。


彼は大晦日と元旦、二日と山口の実家に帰ったが、修論の追い込みを口実に早々と博多に帰って来た。

修論の方は追い込みどころか、今からというふうであったから、食事に行く以外はほとんど一日中机の前に座っていた。

安保も、学生運動も、歌声喫茶もない静かな日々が過ぎていた。

私は邪魔をしないように彼の後ろで本を読んだり、後期試験のための勉強に取り組んでいた。同じ部屋にいることがただ一つの目的のようになっていた。安心だった。どこにいるより安心だった。苛立ちや不安のない安らぎのなかに、どっぷりと浸かっていた。白い湯気のたつ閑散とした部屋で、私は幸福の姿をはっきりと見た。

一月十日、私は帰寮した。私の帰る三日前から無理がたたって、彼はひどい風邪をひいた。帰る日は熱は下がっていたが、下痢が激しく、食欲も全く無くしていた。母と彼の親友の田中さんが近くにいるからと、私は割にのんきに東京に帰ったが、無理に無理を重ねていた身体はなかなか快復しなかったようだ。

追い込みの修論は弱った神経に拍車をかけたらしく、寮に帰った二日後の一月十二日には追いかけるように彼からの手紙が届いた。

修論のため手紙は書かないと言ってきたかと思えば、十八日、二十三日、二十八日、三十日と立て続けに速達が届いたりした。手紙が舞い込むたびに心配したが、幸せでもあった。
二月にはいって、身体も快復し、修論も調子良くいきだしたのか、しばらく手紙が来なかった。私の方はせっせと書き送ったらしい。次から次に来る娘の手紙を、父は学生用の状差しに入れずに、直接佐伯さんに渡した方がいいだろうと言ったという。後になって母が笑いながら教えてくれた。

私の後期試験も終わった二月下旬、彼の方もある程度目鼻が付いたのか、「今日は十二時半まで喫茶リーベで、田中と話していました」とか「連続徹夜（といっても昼間はぐうぐう）のかいあって、多少は論文らしくなってきたので御安心下さい」といったハガキが送られて来た。

それらのハガキの一枚に「ヨルイテシイア」という文字があった。それは文面の最後の行に片仮名で書かれていた。
「ヨルイテシイア」とは何のことだろうと声にだして反芻したが、分からなかった。ハガキをひょいとひっくり返して宛名書の方を見たら、下に小さく「（注）反対から」という文字を見つけた。

「ア・イ・シ・テ・イ・ル・ヨ……ウン?!」

私は瞬間ハガキを持った手をさっと下ろし左右を見回した。誰も居なかった。いるはずもなかった。

状差しにハガキを見つけ、食事もせずに部屋へ上がって来ていた。『十五畳』の自分の机の前に座っていた。

「ヨルイテシイア、ヨルイテシイア」

聞いたこともないメッセージを私は口ずさんだ。

机の上に、彼から奪ってきた萩焼の茶碗が冬の日差しを受けて光っていた。

(七) 安保前後

後期試験を終え春休みに入った二月二十六日、私は彼の待つ博多に帰った。

「早く帰って修論(修士論文)の清書をしてくれ」

「いつ帰る?」

「二十六日には帰るよね」

「あと何日」「あと何日」という手紙が彼から送られてきていた。

修論の追い込みで肉体をぎりぎりまで駆使している彼からの手紙は、私を博多へと駆り立てた。肉体の限界は彼の神経を研ぎ澄まさせ、私を必要としていた。

三月三日、ひな祭りの夜、私たちは結ばれた。

私の覚悟は護国寺の出来事を起点として、徐々に形づくられていた。バンデ・ウェルデの『完全な結婚』とＪ Ｊ・レイナーの『結婚入門』の二冊を買い込んだ。性についての翻訳本だったが、どこをどう読んでも具体的なことは何一つ分からなかった。分からなかったが読んでおかなければという思いがあった。

同時進行の形で読んでいた佐多稲子の『くれない』と石川達三の『幸福の限界』が私の決心の後押しをした。

『くれない』の主人公の明子も『幸福の限界』の由紀子も、共に情熱を傾ける仕事を持ち、精神的にも自立した女性である。男性に煩わされず自分を生きようとした彼女たちの到達点も、愛する人と共にいる安らぎであった。明子は失って気づき、由紀子は得ることによってそれに気づいた。

『共に在る』

そうなのだ。彼の傍にいるだけで安心なのだ。はらはらと不安定な私の心はおとなしく安定する。幸福とはこういうことなのだと、この二、三カ月の彼との関係のなかで思い知っていた。この幸せを私は私のものにしたい。すっぽりと包まれたなかで生きてゆきたい。様ざまな恐ろしいこと、おぞましいこと全てから、私を守ってくれるもの、何ものにも勝るものをいま見つけた。

修論は最終段階に入っていた。彼の部屋の敷っ放しの布団の中から、机に向かう後ろ姿を私は見ていた。目の前に、きちんと並んだ足の指がある。重ねられた親指を真ん中にして左右に同じように広がった指を、ピアノを弾くように押してみたいという衝動にかられながら、見ていた。

母からもらったルビーの指輪を中指にはめていたが、ある日彼は薬指にはめなおしてくれた。私たちは結婚の約束をした。

三月二十六日、卒業式の前日、二十五歳の彼の誕生日に、最初のほころびが入ったことに私は全く気づかなかった。

「そうなのよ、上野にあるのよ、きっといいと思うわ」

「じゃ、今度行ってみようか」

彼が東京へ出て来たら行ってみたいと思うだろう美術館を話題にしながら、私たちは階段を下りた。母が彼を階下に連れて来るようにと言っていたからだ。

襖を開けた。茶の間に行くには台所を通るか、茶の間と続き間になっている座敷を通らなければならない。

茶の間の掘炬燵を囲んでいるとばかり思っていた父が、座敷の床の間を背に座り、茶の間との境に母が待っていた。

一瞬私はどきりとした。彼も急に緊張した面持ちでうながされるまま、襖の傍近くに座った。座敷の真ん中に一つだけある電灯が薄暗く感じられる。床の間にはいつの間にか柳が活けられていた。束ねられてうねるように活けられた柳は、床の間の暗がりを背景に生き物のように浮き上がっていた。

父は黙っている。四人の間に沈黙の時が流れた。母が「あなた」と声を掛けた。冷え冷えとした座敷の空気が揺れた。

「明日、卒業なさるが……」

父が言った。要はこれからどうするつもりであるかという話であった。彼は長身を折り畳むように正座している。私は彼の横に膝一つ後ろにして座っていた。

「将来結婚するつもりでいます」

彼は膝頭に視線を落としたまま答えた。静かな声だった。

「いやぁ……」

これで終わりと言わんばかりにほっとした表情で父は立ち上がった。

「其処は寒いから、ほら、こっちこっち」

私たちは明るい茶の間の掘炬燵に招き入れられた。母は何か言いた気であったが、台所へお茶の支度に立った。

父は機嫌良く卒業後の話、仕事の内容や勤務地などを聞いていたが、もともと無口な彼に代わって、私は、

「そんなこと今から分かるわけ無いわよねェ」

「就職、一年生なのよ」

「当分、またお勉強なんですって」

などと説明した。彼は炬燵の横でまるまっていたチロを、しきりに相手にしていた。

その日のことを後の手紙で彼が不快だったというようには、私は感じてはいなかった。

いつも通りに、茶の間でお茶を飲みながら「お前たち、今からどうするの」とでも聞いてくれたら、彼の不快感はほとんどなかったのかもしれない。

三月二十七日、卒業式当日、私にとってこの日も変わりなく、晴れ渡った春の一日が始まっていた。

今、壇上で彼は答辞を読んでいる。

講堂は満員で、並べられた椅子に座りきれない人たちで、横も後ろも埋め尽くされていた。入り口近くに立っていた私は、父兄の間から壇上の詰め襟姿の彼を伸び上がって見ていた。

「おい、浅井、お前なんでここにいるんだ?」

ふいに上から声が降ってきた。高校時代の社会科の教師安藤先生が立っていた。先生は大学院に行きながら、ミッションスクールで教鞭を執っていた。直接習ったことはなかったが、生徒に人気のある先生である。私の仲良しの友人は先生に熱を上げていた。彼女に付き合わされ、先生の通りそうな渡り廊下や図書館で、よく待ち伏せした。バッタリあった顔をして、私たちは先生と二言、三言、言葉を交わしては喜んだ。

「先生は？」

「今日は俺の卒業式！」

なるほど、先生は新しい濃紺のスーツ姿である。大柄の先生は私を見下ろしながら、にっこり笑った。ゆったりした笑顔だった。

「卒業するんですか」

「お前は？」

「えっ、あの……今日は父兄なんです」

（今、答辞を読んでる人、先生！　あの人が私の彼なのです！）

私は胸の内で呟いた。

彼の答辞を読むスピードがだんだん速くなり、一刻も早く終われとばかりにその速さを増していく。私の胸のドキドキも同時にスピードを上げていった。

今朝、出かける寸前まで母と私の前で、彼は巻紙に書いた原稿を読む練習をしていたのだ。

「ちょっと速いんじゃない」

「もっとゆっくり」

「後半、どうしても速くなるでしょ。気をつけて、よっぽどゆっくりよ」

「ほら、また速くなった」

などという母と私に手間取って、私たちは家を出るのが遅くなってしまった。卒業式のある医学部の講堂の前庭に着いたとき、アナウンスは彼を捜してがなっていた。

「工学部修士の佐伯行造さん、至急、講堂の前へおいで下さい」

繰り返されるアナウンスの騒々しさも、春の陽気の賑々しさも、講堂のざわめきもすべて、私には祝福の言葉に聞こえていた。


卒業式を終えた彼を、午後博多駅に見送った。次は東京で、またすぐ会えると思っていた私は、不安も陰りもなく彼と別れた。

彼は山口に帰って、母と姉、妹に私のことを話し、「将来結婚したい」と告げた。しかし、四月に上京した私を待っていた言葉は「反対された」という言葉だった。

理由は様ざまであった。私が大学二年生であること、卒業までおよそ三年あること、彼は就職したばかり、そんなに早く将来のことを決めなくてもということだった。彼はそれ以上のことを語らなかったが、その表情は、時期尚早ではなく「反対である」と拒絶されたことを語っていた。

「お父様に話すには早いでしょう」という母親の一言で、父親に話すことも出来なかったという。全く余地のない拒絶である。

彼の母親（梅子）とは昨年の夏、一度会っている。博多の三大祭りの一つ『山笠』を見に山口から訪れ、母と私が案内したのだった。私はまだ彼と特に親しいわけでもなく、家のお客様くらいにしか思っていなかった。玉屋デパートで「行造のポロシャツを選んで」と言われた時は、自分の息子のことなのに変な人だと思ったくらいである。

反対されるとは思ってもいなかった。彼自身、反対されたことに困惑もしていた。彼には姉と妹がいたが、一人息子である。

「どうして？　貴方のお母さんには一度しか会ってないのよ、私を嫌いだっていうのなら分かるの。でも何も私のこと知ってないのよね」

「別に、反対ってわけじゃないさ」

「でも……駄目ってんでしょ。どうしてかなぁ、私を知ってないのに」

「知る、知らないじゃないのさ、姉貴も妹も同じ意見なんだ」

「そう……」

彼は(これ以上、何も言ってくれるな)という感じで顔を伏せた。

私を知らない人たち、一度も会ったことのない姉妹、彼女たちの拒絶、それが何を意味するのか分からなかった。

私には何処にも突破口は無かった。何故なんだろう、どうしてなんだろう、という思いは漠とした憂鬱となって、私を不安定な状態にしていった。私のなかで「反対された」という言葉が澱みを作った。それは次第に私に定着し、沈殿してゆく。

彼は四月一日、三日と日本国有鉄道の入社式、入寮式を終え、東京郊外の国分寺にある研究所に一時入り、六月には実習地である北海道へ出発することになっていた。

五月の連休にはふたりで、東京近郷の黒部温泉へ一泊で出かけたりしたが、その頃から罪の意識が私の行動をぎこちないものにしていく。寮監宛に書く大伯母の家に泊まったという嘘の外泊証明書も、私の気持に拍車をかけた。六月に入り彼が北海道へ発ってからは、寂しい一面もあったが、ほっとする気持もあった。

女子大の外では、安保反対運動は激しさを増していったが、女子大そのものは学生たちに、社会問題にはあまり触れてもらいたくないというムードである。友人のなかには、寮監にはっきり釘をさされたとぼやく者もいた。

六月十八日、私は日比谷公園にいた。

樺美智子追悼全学連総決起大会が行われていた。赤旗が風に膨らみ、プラカードが林立するなかで、配られた喪章のリボンをつけ、日比谷公園を埋め尽くした学生の間に、私はいた。

その三日前の十五日、安保改定阻止国民会議の呼びかけで、五百八十万人もの労働組合員が、全国各地で職場集会やストに参加している。東京でも全学連主流派の学生七千人が、国会突入を計った。

警官隊の放水や催涙ガスが学生を襲い、その激突の中で東大文学部四年生の樺美智子さんが亡くなったのだ。安保闘争は繰り返し行われていたが、樺さんの死は、それまで静観していた人たちを突き動かし、その広がりは全国に及んでいった。ニュースは寮にも届き、樺さんをいたむ報道は、デモ参加の呼びかけとなって女子大をも揺り動かした。

私はセツルメントに一緒に行っていた上級生たちと共に参加した。やむにやまれぬ気持というのでもなかった。樺さんの死に奮いたったのでもない。高校時代から関心を持っていた社会の不条理さや、理不尽な権力への反発、子供のころ読んだ本から得た若い正義感など、私は私の声に押されて其処にいたのだった。

「新安保条約を粉砕しよう！」

「岸内閣よ退陣せよ！」

拳を上げた壇上のシュプレヒコールに続く怒涛のような叫び声は、ただ「おう」「おう」と聞こえるだけで、はためくセクトごとの旗や、むやみに多い赤旗の中で私はうずくまっていた。

野崎文もこの集団のどこかにいるだろう。尾中正輝の横に、すっくと立つ彼女の姿を思い浮かべた。

黙禱から始まった集会は一通りの要求を叫んだあと、前方から少しずつスクラムを組み始め、国会周辺へと向かっている。どこからともなく自然発生的に歌われだした「インターナショナル」の歌声が会場を包んでいる。私たちも男子学生たちの間に組み込まれ、スクラムを組んだ。

初め穏やかだった歩みもだんだんと速くなり、ジグザグとスクラムを組んだままうねり出す。小走りになりながら外側に近いところにいた私は、大きくうねるたびに横の連中に引っ張られ、遠心力が働くのか、外側にいるほど振り回されそうになる。足が宙に浮き、地面に足を着けようともがく。カッカッカッスー、カッカッカッと靴底が地面から離れたり着いたりするなか、とにかく流れについて行くのに必死になる。

口々に学生たちは、宣伝カーが繰り返すシュプレヒコールにあわせて叫んでいる。

「安保ハンターイ」

「民主主義を守れ！」

振り回され宙に浮きそうになる足を踏ん張りながら、私も叫んだ。これからの日本が米ソ冷戦の最前線に立たされることだけは避けなければならない。

「岸内閣打倒！」「国会は解散しろ！」「アメリカ帰れ！」

そんなこと叫ぶから共産分子などと言われるんだ。「安保反対」だけでいいではないか。それに何故ジグザグなのだ。静かに歩いても抗議も要求も出来るではないか。

どうしてこうも過激に行動するのだ。

歓声とも掛け声ともつかぬ響きが、青々と繁る樹木の間を抜けて、波状的に押し寄せてくる。

「しっかり見ろよ」

「一時の感情に溺れるな」

私のなかでブレーキをかけるものがある。激しく繰り返されるジグザグデモと学生たちの荒い呼吸の間で、思っていた。


札幌で研修を受けていた彼の方は、六月四日に大規模なデモが札幌駅中心にあり、駅関係者はその対応に追われ、見習いである彼等はほって置かれたらしい。実習らしきものは全く受けていないという。五日に先輩たちとスズラン狩りに行くから、スズランを押し花にして送ってあげようという手紙が来ていた。

六月十九日午前零時、衆院での強行議決から三十日後のこの日、新安保条約は自然承認された。

それを機に、女子大も寮も、何事もなかったかのように、日常に戻っていった。

激しい闘争を繰り返していた早稲田や東大の学生たちが、実際にどういう生活、生

郵便はがき

恐縮ですが、切手を貼ってお出し下さい

531-0071

〔受取人〕

大阪市北区中津3―17―5

株式会社
編集工房ノア 行

★通信欄

通信用カード

お願い

このはがきを、当社への通信あるいは当社刊行書のご注文にご利用下さい。
お名前は愛読者名簿に登録し、新刊のお知らせなどをお送りします。

お求めいただいた書物名

本書についてのご感想、今後出版を希望される出版物・著者について

◎ 直接購読申込書

（書名）	（価格）¥	（部数）　部
（書名）	（価格）¥	（部数）　部
（書名）	（価格）¥	（部数）　部

ご氏名　（　歳）　電話

ご住所　〒

書店配本の場合	取	この欄は書店または当社で記入します。
県市区　書店	次	

き方をとっていったかは知らない。

巷では西田佐知子の「死んでしまいたい」とハスキーな声で歌う『アカシアの雨がやむとき』が、やるせなく流れていた。貧しい青年の屈折した感情の爆発を描いた、アラン・ドロンの『太陽がいっぱい』が若者にもてはやされ、哀調を帯びたテーマソングが、けだるさと退廃ムードを醸し出していた。

私は時々訳もなく熱を出した。授業のため皆が出払った部屋に布団を敷き、上級生の本箱から太宰治全集をごっそり借りて読んだ。まるで読み終わった本を、左から右へ積み上げてゆくことだけが目的のように。


私たちの間は、彼の卒業式の前日の三月二十六日に、彼が私との間に違和感を感じたときから怪しいものになっていた。私がそれをはっきりと感じたのは安保の前後からだった。いや、すでに四月に会ったときから今までと違う彼を感じてはいた。しかし、私はそのことに気づかないふりをした。彼は彼で、ふたりの関係の修復に努めていた。

六月に入って自分の気持を先に投げかけたのは、私の方だった。

「頭から信じるには、あまりにも貴方は何も説明なさいませんでした。貴方は私を優しく、ほおっておいただけです」と書いた私の手紙は彼を傷つけた。

「お便り有難う。手紙を読んだときはとても悲しかった。何と返事を書いて良いか分からない。君の感情が……どうして君を追い込んでしまったのか、よく分からないのです。君も僕の気持が分からないでしょう。

人間は一人一人異なった個性、感情を持っているのです。その人間と人間が一緒に生活していく場合には衝突や感情の相違は必ずあるでしょう。特に、君と僕の場合、性格は反対に近いので、感情が一致しない場合もあるのは当然です。

初めの間は互いに夢中だったし、よく性格を知らなかったので感情の相違ははっきりしませんでしたが、互いによく知るようになると感情の相違がはっきりしてくるのです。

僕は卒業式の前日二十六日にその相違をはっきりと感じました。四月に入ってから、これから先うまくやっていけるものだろうかと心配もしました。だけど感情が一致しないからといって喧嘩したって始まらないでしょう。互いに少しでも相手の気持を理解するように努めなければならないのです。君は努力しているが僕は全然していないと言うかも知れないけど、僕は僕なりに一生懸命理解しようとしているのです。同じ目標に向かって進んでいたら必ず一致すると僕は確信しています。

六月末に北海道に来るとのことですが、急に見学があったり、一昼夜勤務だったりでゆっくり会って楽しく過ごせるかどうか分からないのです。十月になると休暇も取れるので十和田湖で……」

「何時帰る」「二十六日には帰るよね」「あと何日、あと何日」そう書いた彼は何処へ行ってしまったのか。熱情は肉体の極限状態の生む幻想だったのか。何をして彼の気持はこうも変わってしまったのか。六月末？　十月？　そんなことはどうでもいいではないか。一言「僕も会いたいよ」と言えば、私の心は落ち着くのに、この不安は消え去るのに。

「風が吹いています。このところ変な風の吹き方です。六月というのに夜などガラス戸をガタガタゆらす風は冬の初めを思わせます。そのくせ昼間はむしむしと暑い。

今日はなんとなく興奮して目はパッチリと開いています。『十五畳』の住人中、一人だけ眠っていてまだみんな起きています。今十二時近く。さらさらと気持がいいのは風のせいでしょうか。

卒業式の前日のこと、私はよく分かっていないようです。あの日以来私にへだたりを感じたとすれば、私はそれを知りたいと思います。私は貴方がおっしゃるほど貴方と私が違うとは思っていないのです。というよりも私は貴方がどんな方かよく知らないようです。私のなにげない行動でがっかりしていらっしゃる。

あの日以来、私の父や母に暖かい気持が持てないということですが……私は心配です。少し悪くあの日の事をとっていらっしゃるように思います。

母たちはただ親として貴方の言葉を聞きたかったのだと思います。だから「信じられていない」というようにおとりになったのならば、それは絶対に間違いと思います。……でも、そんなことは言えないかも知れません。なにしろ私には貴方のことがよく分からないのですから。だから全く違ったところで、違った意味で私にがっかりなさっているのかも知れません。

それでなおさら貴方が怖くなりました。我が儘いっぱい、言いたい放題言って困らせたくて仕方がないのに怖くてそれが出来ません。とても悲しいことです。

四月になって感じたことは、貴方が私を突き放して見ているということでした。そう感じただけで身動き出来なくなりました。突き破るまで会うのは恐ろしいのです。

さようなら

追伸　また楽しくない手紙でごめんなさい。悪いと思っています。」

東京の空はどんよりと低く、湿度の高い空気はよどんだ心をますます重くし、出口のない気持をかかえたまま、私は六月を過ごした。

（八）熱い夏

夏休みになってすぐ、私は博多に帰った。帰博した日は夜の九時を過ぎていた。翌日は高校時代の友人が来たりしたので三日目にやっと行造の親友である田中さんを訪ねた。

田中実は熊本大学薬学部を出、製薬会社に就職し博多勤務となった。そして佐伯行造の住む箱崎に下宿していたのである。

行造の父は満鉄の技術者であった。戦後、家族と共に引き揚げてきた行造と、彼は小学五年生の時に同じクラスとなる。中学、高校を共に学んだふたりは、大学時代を熊本、博多と別れて過ごしたが、春、夏、冬の休みには互いに訪ね合っていた。大学三年の夏、彼が阿蘇の大観峰近くの内牧温泉に、数十冊の本と籠もったときも行造は出かけている。

「田中は文学青年だからなぁ」と言った言葉が印象に残っていた。行造は私とのことを彼にだけは打ち明けていた。

「田中君はまだ帰っていないのです。何時になるか……」

今、私の前に立っている人は田中さんと同室の人である。気の毒そうな様子に「明日、また来ます」とだけ言い置いて、私は外に出た。

樫《かし》や樟《くす》の樹木におおわれた筥崎宮の横の路地から一筋か、二筋目にあたるこの辺は住宅街である。南にちょっと下がれば箱崎駅があり、正月の三社まいり、一月二日の玉せせり、九月の放生会を除けば人通りも少なく、忘れ去られたような所である。

静かな町は夕暮れていた。道の両脇の家々の電灯はまだ灯されていなかったが、夕餉の支度のざわつきが感じられた。夏の夕方なのに子供たちは何処かへ隠されたかのように、誰もいない道が私の前にあった。

照りつけていた太陽が赤や黄や橙の陽の色を引き連れて行ってしまった後の、ほっとするひとときの。薄青い空気が漂った道はひっそりとしている。

彼は今頃、なにをしているのだろうか。

四カ月ほど前の三月、同じこの道を彼とふたりで歩いたとき、あの時の私は誰だったのだろう。

あの日、夕方になって急に行造が「田中の所へ行こう」と言い出し、私たちは連れだって家を出た。早春の夕暮れの空は赤く染まり、所々にまだ澄んだ空色を残していた。修論も提出日ぎりぎりに間に合い、なんとか修業にこぎ着ける解放感が、ふたりの気分を軽くしていた。

電車通りを渡り、山田病院の裏玄関の横を通り、箱映の前に出た。箱映の看板が、いち早く付いた明かりに存在を示している。喫茶『リーベ』の角を曲がると筥崎宮への広い道に出る。朱赤の絵の具を横いっぱいに流したような空が広がっていた。

「きれいな空やねー」

私の言葉にうつむき加減に歩いていた彼は顔を上げた。陽の光を正面から受けた彼はちょっと眩しげにしたが、「うん」というふうに頷いている。

夕空に向かって下駄でも飛ばしたいような、子供のときの感覚が蘇ってきた。

「よく遊んだのよ。陣取りして。小学校の運動場が広くってね。運動場の端と端に大きな楠の木があったんだけど、それを陣にしてね。男の子も女の子も一緒になって遊んだのよ。帰るのが厭でね、夕方になるのがとても嫌いだった。日が暮れるのと競争するみたいに遊んでた。今遊んでなきゃもう遊べないみたいに。だって次の日同じように男の子たちと夢中に遊べるとは限らないのよね」

いつかは終わるかもしれない。子供のときだって知っていた。お日様だって一日の最後だと思うと、力を出して燃えるではないか。それが夕暮れ。力つきたように沈んでしまったあとの、まだ闇のこない前の夕明かり。夕明かりの町の薄ぼんやりさは、だから寂しい。

彼はポーンと下駄を蹴った。下駄は勢いよく跳ねて横を向いて止まった。

「あした、くーもりー」

ケンケンしながら行く彼を追いかけて、私は大きな声をかけた。

下駄は『曇り』だった。あれは予兆だったのか。私はいま何も見えない雲のなかにいる。


新聞部の友人の二人から菅平の合宿に行こうと誘われていたのを断り、途中下車しようと思っていた京都行きもそのままに、帰って来た。博多に帰れば、私を落ち着かせるなにか、彼がいた三月までの幸せのすべてが待っているかのように、私は帰った。しかし、彼のいない博多はがらんどうで、安心できる場所ではなかった。暑いばかりの博多の夏は容赦なく、不本意な現実を私に突きつけてきた。

寮の『十五畳』の六人部屋も、時に煩わしいところではあったが、博多の家にも私の居場所はなかった。私の部屋は弟の部屋となり、母方の祖父が私の家の住人となっていた。

母と大牟田の叔父の母は若くして結核を煩い、六年間の療養の末に、母が六年生の時に亡くなった。五歳下の叔父が中学生になる頃、後妻に入った祖母とのことで、祖父と叔父は疎遠になっていた。戦前、上海で製紙会社を興し成功していた祖父は、戦後、四国で同じような会社を営んだが失敗した。祖母も亡くし、急に老け込んだ祖父がいた。

私は夏の間座敷を占領したが、茶の間との続き部屋は常に開け放たれて、私を独りにはしてくれなかった。

思春期真っ直中の中学二年生の弟は、自分自身をもてあましており、頑固になった祖父の存在も、繊細な弟の神経を圧迫していた。学校も休みがちになっていた弟を心配して、母は帰ったら弟の面倒を見るようにと手紙で頼んできていた。

今日も弟はとうとう学校に行かなかった。十時過ぎにやっと起きてきた弟と、数学のグラフの問題をやる。茶の間に続く縁の先は庭である。朝顔がもううなだれていた。問題を解いている私の横に、またごろんと寝転がった。小学校の入学式で、新一年生を前に歓迎の挨拶をし、卒業式では送辞も答辞も読んだ元気な弟の面影は、何処にもない。

「ねェー、なんで勉強するの、何のために。姉貴面白い？」

やっと起き上がったが、鉛筆をゴロゴロとテーブルの上で遊ばせている。

「面白く無くたって試験でしょ。しょうがないじゃない。ほら、いいから……ここがね」

ろくに聞いていない。鈍い音をたてて廻る扇風機に顔を寄せている。

「このグラフとさ、2X+Y=5のグラフが交わる点がね……ねェ、聞いてる?」

「どうして勉強するのかね、何のために生きてるかわからん者《もん》がさ。姉貴はなにが楽しくって生きてるん?」

額にかかる髪の毛をけだるそうに払いながら言った。

「いいからさァ、ここまでやってしまおう」

「姉貴がやれば」

「試験まですぐでしょ、やってないと困るよ」

「困るの俺じゃない。別に姉貴じゃないよ」

私はイライラする。母の困惑した顔が浮かぶ。母は早くも逃げて買い物にでも出かけたのかいない。

「やろう。ほら、もう一回、始めっから……これがさ……」

弟が少し「やるか」という様子をしたとき、二階から祖父が降りてきた。

「おう、おう、仲の好いこと、二人でお勉強かい。若いもんは勉強しておかなきゃならん、なぁ」

祖父が言い終わらないうちに、弟はスーッと立ち上がった。足音もなく自分の部屋へ入っていった。母ががっかりするだろう……と思った。明日、弟は学校に行くだろうか。それより今日、夕飯の膳を囲むだろうか。父はまたみんなを気遣って、空回りするのもかまわず賑やかな冗談を言うだろう。そして母は弟がその場にいないのを幸いに、これ以上暗い顔は出来ませんといった表情を、誰にはばかることなく見せるのであろうか。

私の休まるところはこの家のどこにもなかった。逃げこんできたはずの場所は、私を包みこみ安らぎを与えてくれる所ではなくなっていた。ねばりつくような塩気を含んだ博多の暑さも、私に追い打ちをかけた。

私は両親の希望だった。特に母にとって、私は母の為し得なかった夢を現実にする者、なのだ。

大地主の母の家が没落したのは母が女学校を出た年だという。春の庭、秋の庭と、生り物で分けられた庭を持つほどの家に育った母にとって、母の結婚は、重い不満をかかえていた。父に対する不満、いま自分が置かれている境遇への不満を、常にかくし持っていた。

父は戦争を挟んで二度の転職をよぎなくされている。ミッションスクールである西南大学を出ている父は、ハイカラなところがあり、バイオリンを弾き、家には大きな電蓄とピアノがあった。音楽好きな父は陽気で明るかったが、微妙な心の動きの分かる人ではなく、母は父の小市民的な善良さをも嫌っていた。なによりも母の感情の起伏を納得させるだけの力を、持っていなかった。

私の東京行きは、母の強いあと押しで現実のものとなった。若いときに、自分の置かれた立場から逃れることのできなかった母は、私を自由な独立した人間にしたかったのだと思う。

子煩悩な父は、単に娘を手離すことの淋しさゆえに反対だった。経済的にも娘を悠々と東京の、しかも私学に出すほどの余裕があったとは思えない。当時、男子学生の進学率でさえ二十パーセント弱である。娘を地方都市から東京へ出すというのは、余程の裕福な家のすることである。

私は母の為にも明るい娘であり、希望であり続けねばならなかった。

北海道の行造からは、暑中見舞いなどの固い文面のハガキが届いたりしたが、私の慰めにはならなかった。彼の親友である田中さんの存在だけが、私の拠り所だった。帰博して訪ね、会えなかった次の日、田中さんは会社帰りに家に寄ってくれた。その後田中さんとは『リーベ』でよく待ち合わせをするようになった。

ドイツ語で恋人という意味の小さな店は、前面だけを喫茶店らしくした店で、欧州風の両開きの窓に、入り口のドアには鉄製の外灯がぶらさがっている。うどん屋と一杯飲み屋とラーメン屋だけの学生の街に、やっと出来た小さな喫茶店はそれでも充分都会的であった。

ドアを開けるとコーヒーの香りに包まれる。室内はほの暗く、天上に取り付けられた扇風機のけだるそうに回る羽根が、思い出したように風を送ってくる。店には四十歳を少し出たようにみえる女の人と若い女の子がいた。カウンターの奥に立つふたりはヒソヒソとよく話をしていた。

コーヒーを注文すると殻付きの落花生が二個付いてくる。コーヒーの受け皿にちょこんと載っている落花生がこの店の売りだった。

田中さんと私はいつも表側の窓の傍、箱映の看板が見える、奥の彼女たちから一番はなれた場所に座る。風が届かないせいか、たいがいその場所は空いていて、私たちはよくその席に座った。

田中さんには熊大時代の恋人がいたが、彼の場合も彼の家が結婚に反対であるという。恋人は野の花を彼の机にそっと置くような人だと聞かされていた。

田中さんとは色々な話をした。阿部次郎の「三太郎の日記」、ヘルマン・ヘッセの「車輪の下」、中原中也詩集、中島敦、芥川龍之介など、数多くの本が登場した。

なかでも小学校時代の行造を含む男の子たちの話は面白かった。

「三《み》田尻《たじり》の駅の横が原っぱになっていてね、雨が降ったら泥んこになるような。そこで毎日のように野球をやるんだけど、僕には弟妹が多いだろ、一番下の弟の子守は僕の役目だった。僕がバッターの時は、佐伯が弟をみててね、僕も佐伯も塁に出たら、誰かがみてる。弟が泣くと乳母車をめったやたらと動かすんだけど、それでも泣くと『くそーっ』って思ってたよ」

私は深呼吸が出来、自分の世界を取り戻したような気がした。

箱崎という町は、博多でも場末の雑然とした所ではあったが、黒詰め襟の九大生が闊歩する町でもある。

夏は白のYシャツに黒ズボン、普段は皆、素足に下駄を履いていた。彼等を街角や喫茶店や本屋で見かけるたびに、私は自分の町に帰ってきたという思いを深くした。

東京の目白付近でも、男子学生を多く目にしたが、彼等のほとんどはジャケットに靴で身を包み、洗練された姿をしている。服装の違いは気質の違いにも現れていたのか、東京の学生に馴染めないものを感じていた。

東京でも早稲田界隈は、黒ズボンにYシャツの学生が多く、私は散歩に早稲田通りを歩くのが好きだった。細い道の両側に食堂や床屋に八百屋などが並び、小さな本屋や古本屋のある商店街は、箱崎の町にどこか似ていた。ひょいと覗いた本屋の佇まいも、奥にいる店主の気むずかしげな顔つきも、学生街の雰囲気を持っていた。田舎の匂いを肩先に乗せた男子学生と擦れ違ったりするとほっとした。面影橋、早稲田下をチンチンと走る都電も、箱崎の電車通りを思い出させた。

郷里の良さなどというものは、そのくらい他愛のないものかも知れないが、箱崎という彼のいた町と、彼の親友の田中さんのおかげで、私は少しずつ本来の元気さと、明るさを取り戻していった。

「『夏休みの終わりごろ北海道に押し掛けたいんだけど……きっと困ると言うわね』って田中さんに言ったら、『黙って行け』とのこと、『出発してから電報を打てば良い』とのこと。そうしようかしら、困るでしょ？　田中さんはいらぬことばかり教えますね。そうでしょう？　大変私には心強い人です。心細くなったらいつでも自信をつけてあげるとのことです。

　追伸　ずいぶん貴方は意地悪ね。それとも箱崎の住所、忘れたのですか。書くことがないんなら『あいうえお』でも書いて送りなさい。『あいうえお』もちゃんと書けたらえらいんですって。国語学の先生いわくよ」

などといった元気な手紙を出した。

田中さんと私は夏休みの間、よくリーベで会った。一度会うと二時間くらいは話しているのでリーベの彼女等から、てっきり恋人同士に違いないと思われた。後で分かったのだが、リーベの女主人は、野崎文の遠縁に当たる人だった。

野崎文が突然たずねて来たのは、七月も半ばを過ぎた頃だった。

彼女は元気だった。

佐伯さんはどうしてると聞くので、札幌に行って、小樽で罐焚《かま》きをして、いま、また札幌ですって、というと、ねぐら定めぬ旅がらすねと笑った。尾中さんのことは口にしなかったが、自信ある様子から、変わらず仲良くやっているなという印象を受けた。

安保のことも、その後の活動も、彼女はこれといって話さなかった。ただ、東京の兄貴に子供が生まれるから、手伝いのため一足先に上京するとだけ言い置いて別れた。

野崎文に言ったように、その頃彼は北海道で熱い実習を受けていた。

「車掌区の実習は大変でした。実際に車掌服を着て列車に乗り客席を廻ります。江別《エンベツ》、長万部《オシャマンベ》、上野幌《カミノッポロ》というカタカナで書いた方がいいような駅名を、乗車前日、頭に叩き込むのですが、乗車する線が毎日替わるので、毎日、毎日駅名暗記に猛勉強です。駅名は何とかなっても、乗り継ぎや到着、発着時間など、質問にもたもたしていると、新米さんということで、逆にお客さんに教えられました」

彼の手紙は面白かった。なかでも機関区での罐焚きの大変さが報告され、それは大変ながらも活気に溢れる彼の北海道の生活を映していた。

「十日に車掌区が終わり、十一日より機関区で、機関助手（カマタキ）の見習いです。三日間模型投炭練習は片手ショベルに石炭一キログラムを入れ罐に三百回たて続けにくべるのです。それも何処にでも放り込めばいいというものではないのです。放り込む場所、順序があるわけです。

三百回投げると身体中から汗が吹き出て、手は豆だらけ、手の筋がつり、腕全体が腫れ上がってしまいました。一日目は箸が握れませんでした。今でも手が震えて字を書くのに一苦労です。この後実際に列車に乗り込んでやることになります。

機関車の乗務は熱いのと、振動に参るらしいです。国鉄の現場はなかなか重労働です。我々みたいに日頃鍛えていない者はもちません。

朝七時四十分に寮を出て、夕方六時二十分頃寮に帰ると、あとは何にもする気がしません。少しは本を読もうと思い、集めてみたのですが……」

私は暑苦しい箱崎の家の座敷で、羨ましく彼の手紙を読んだ。

夏休みの初めに京都に寄るつもりが、取り憑かれたように帰博してしまったので、上京する機会に奈良の法華寺を訪ねた。

滑《ぬめ》るような暑さのなかを、奈良の西大寺駅をあとに歩いていた。八月も盆を過ぎれば多少の涼しさを感じさせるというが、身体に粘り着く湿度の高い暑さである。

両側に商店とも普通の家屋ともつかない家並みの続く道。ときおり通るバスや車やオート三輪を、道の片側に張り付くように避けながら歩いた。何の変哲もない地方によくある混然とした町は一息入れるほどの影をつくる木もなく続いていた。バスに乗ればよかったなと思いながら、十円か二十円のバス代をけちって歩いたのだ。

根負けするほど歩いたとき、五本線の白壁の築地塀が左手に見えてきた。法華寺である。

美術雑誌で見た十一面観音立像を直に見てみたいと思っていた。法華寺が尼寺であるというのも興味をひいた。

案内を乞うて堂内に入る。一瞬何も見えない。日盛の強い光のなかから突然入った堂内はひんやりと冷たかった。湿った空気、かすかな線香の残香。

「しばらくお待ち下さい」と言った女の人の声は聞こえたが、辺りの様子が分かるまでに、数秒の時間が必要であった。

誰も居ない堂内の正面におぼろげに像が見える。左手横から白い布を頭に黒袈裟姿の尼さんが入ってきた。丁重な一礼の後、よくお参り下さいましたという意味の言葉を述べ、十一面観音の説明を始めた。抑揚の少ない声が堂内を満たしてゆく。

見上げる観音像は高さ一メートル程である。光明皇后をモデルにしたといわれる像は、肉感的な身体をしている。蓮の花びら一枚、一枚をかたどった蓮華座に立つ十一面観音の立像は、辺りを払うほどの堂々とした面をしていた。女性を写したにしては、対象を見据える目の強さは男性的とも思えた。

両肩にまで垂れている細い髪、何にも増して肉厚のめくれたような朱の唇は、肉体の内部をかい間見せるかのように思われた。尼さんの説明のあいだ、朱の唇から目を離すことが出来なかった。

丁寧な話を聞き終え堂内を一歩踏み出した私を、一向に弱っていない真昼の強い光線が捕らえた。尼さんの声の呪縛から解放され、ほうっと空を見上げる。空は高く、暗緑の木の隙間をとおして見える白い光は、私を現世に立ち返らせた。ジーッと地面から這い昇る蟬の声。

私は、博多の全てを忘れた。家も弟も母さえも、ここで捨てた。

東京に帰り、前期試験が始まり、そして終わった。十月一日からの試験休みを利用して、彼に会うために十九時二十五分発の盛岡行き寝台専用列車「北斗」に乗った。十和田湖行きは夏休みに具体的になっていた。そのため休みの期間中、高校一年生の女の子に英語と数学を教えて、旅費の準備をした。

寮監には、友人三人の旅として許可をとった。国文科で、新聞部でもある二人の友人と一緒に上野駅から出発する。

彼女らはワンダーホーゲルの仲間でもあり、二人で八甲田大岳に登るという。ズボンに厚手のシャツ、帽子に登山靴の彼女たち。私は母が夏の暑さの中で縫ってくれたツーピースを着ていた。赤に近いピンクのツーピースは、貴方は今から彼に抱かれにいく学生らしくない悪い人なのです、というレッテルのように私には思えた。

翌日の早朝五時ごろ盛岡駅に着いた。彼女たちとは此処で別れる。「楽しんできてね」と手を振ってくれたが、このまま東京へ引き返そうかと思ったりもする。

盛岡から八甲田南までおよそ二時間半、車窓から見る初めての東北の山々は新鮮で、朝の空気をいっぱい吸い込んで光っていた。

八甲田南のホームに降りたった。ホームは生き生きと賑やかだ。空気に香りがあり、流れがあった。朝の冷気を切るように飛び交う全く分からない東北弁は、澱んだ私に清冽な息吹を吹き込んだ。ホーム全体に暖かさが滲んでいた。友人同士や親子の間で交わされる意味不明の言葉は、気負った私の気持を素直にしていった。

初めて、札幌から出てくる彼に早く会いたいと思った。


八甲田では、奥入瀬のせせらぎに洗われながら立つ木々に驚き、一軒しかない酸ケ湯温泉の人たちの親切は私たちをほっとさせた。八甲田大岳の山頂はすでに紅葉して、ふたりだけしかいない山で、一緒に笑い、一緒に碧い空を見た。

けれど青函連絡船の着く青森の埠頭は、びゅー、びゅーと荒い呼吸のような風に煽られていた。海の色は青黒く、波は激しく打ち寄せひいている。

北海道に帰る彼を送った後、市の立つ漁場のただ中で、数々の屋台をかこむテントのはためく音を聞いて、私は東京に帰った。

（九）亀裂

水道橋の電停に立って十七番線の都電を待つ。

午後九時はとっくにまわっているが、水道橋の駅周辺は構内のざわめきや人びとの行き交う気配、車の音が絶え間なくしている。都会の醸し出す騒音を、高架鉄橋を渡る総武線の電車の轟音が蹴散らしている。

市ケ谷、水道橋、お茶の水と続くこのあたりは、線路に沿って掘割があり、堀の周りの木々や草地は、ビルばかりの都会に緑のオアシスを提供していた。

九時を過ぎると都電もなかなかこない。電停は堀にかかった橋の際にある。足下から水分を含んだ風が吹き上がってくる。

アルバイトを始めていた。週二回、家庭教師として通い出して、二カ月が過ぎようとしていた。

電停に立つ私の目の前に、お茶の水駅にかけての空間が広がる。深く切れこんで谷間になっている緑地帯は、ビルの明かりも届かず、夜はここだけ風景が抜け落ちたように闇が占めている。

都電と直角に立体交差している国電が、車体を震わせ通り過ぎる。通り過ぎた電車は闇に突き進んでゆく。黄色い車体が腹を見せ、うねるようにのびやかな姿態で進んでゆくとき、左手奥の空間の一点が光ったかと思うと、蛇腹模様に光を放ちながら、中央線がこちらに向かって突進してくる。

二つの電車は眼前の黒い中空で、光の帯となって擦れ違い、ゆるやかな曲線を描き、両端に消えてゆく。闇に吸い込まれた光の線は私の中に、長い尾を引いて忍び込む。

「おおっ寒」

私は声に出して言ってみた。

ずいぶん馴れたとはいえ、この光景はいつ見ても、何らかの感情を胸の底に落とし込む。

私は気を取り直す。

「さあ、早く帰らなくっちゃ」


夏の終わりの頃から、時々目が痛くなることがあったのだが、最近は特にひどい。

前期試験の後遺症かとも思っていたが、痛みが強くなると、目が開けていられなくなる。午前中授業に出ると午後は使い物にならず、午後の大事な授業に出るため午前中の授業を休むことさえある。

眼球をまぶたの上からぎゅうと押すと、その時だけ痛みが和らぐ。眼科に行き眼鏡を作ったり、耳鼻科にも内科にもみせ、最後は神経科までも訪れたがはっきりしない。鶯谷にある漢方医にかかり、土曜日ごと鍼を打ち、身体の状態にあわせて薬を調合してもらった。体質改善が必要との診断だった。初めから長くかかると医者に言われてもいたし、保険の効かない漢方薬は高く、寮費以外の出費が重なっていた。奨学金も取っていたが不足がちである。

アルバイト先は浅草橋のネクタイの卸問屋だった。『心中天の網島』の授業のあと、近代文学の中島教授が家庭教師をしないかとクラスの皆に聞いた。だれも申し出なかったが、私は思いきって手を上げた。

高校一年生の女の子に国語と世界史を教えるという。とても世界史など教えられる程のものでは無かったので躊躇したが、教授の「やってごらんなさい」という言葉に励まされた。

初めはバスで目白駅に出て国電に乗り継いで通っていたが、足代がばかにならず、都電を利用すれば費用は半分位で済む。水道橋から都電に乗れば、十七番線一本で護国寺まで来る。都電は乗り換えなければどこまで行っても十五円だ。時間は倍以上かかったが、遅くなって十一時の門限に危ないとき以外、都電を使った。

その日も水道橋で乗り換えた。やっと来た都電は上野公園の不忍池のカーブをガタン、ガタンと走っている。高くのびた葦に池は覆われ、人影一つ見えない。ガランとした電車は全ての駅に一つ、一つ止まり、一人、また一人乗客を降ろしていく。乗る人はほとんどいない。護国寺に着く頃は乗客は二、三人、ときには私一人の時もある。疲れると目の痛みは酷くなる。ゴトゴト揺れる電車の中で、親指と人差し指で目を押さえていた。ガタンと止まったはずみで目を開いた。いつの間にか眠っていたのだ。護国寺の山門が電車の窓いっぱいに見えた。あわてて降りた。

降りた私の目に、赤や黄、橙、緑、つやつやと輝く色が飛び込んできた。果物屋である。私は立ち止まった。護国寺の森の闇を背負った一軒だけの店は、きつねの嫁入りの行列のように煌々と明かりを灯していた。

りんごやみかんの間にレモンの一籠がある。籠に大事そうに盛られた黄色いレモンは、店頭につるされた裸電球の下で、トパーズ色に光っていた。

「くださいな」

レモンを一個握っていた。輸入品のレモンは三十五円だった。三十五円のレモンは私にとって高価である。SUNKISTと青いインキで刻印されたレモンは堅く冷たい。店頭を吹く初冬の風をレモン一個に詰めたような、硬質の冷たさを持っていた。レモンを両眼に当てた。ゴツゴツとした感触と冷っこさが痛みを取ってくれる。次に左目に当て、右目に当てた。代わる代わる当てると、その時だけ痛みが和らぐ。

寮までの裏道をレモンを押しつけながら帰る。両脇の家々がかすかな明かりを漏らすだけの誰もいない道が細く続いている。レモンは手のなかで少しずつ暖かくなってゆく。だんだん強く押し当てるが、生暖かくなったレモンは前ほど痛みを取ってくれない。

電柱の明かりを受けた寮の門が遠目に見える。私はレモンにおもいっきりかぶりついた。ピュー、ピューと口の中に酸っぱさと香りが広がり、目がぱぁっと開いた。痛みの全くない一瞬があった。

目の痛みはずっと続いていた。

行造とは変わらず手紙の遣り取りをしていた。身体の不調は精神をも不調にし、時として楽しく、時として攻撃的に手紙を書いた。けれど当時の郵便事情は悪く、札幌でも四、五日、小樽だとあと一日かかった。折り返し彼が返事を書いたとしても十日後ということになる。書いても書いても時間のずれる返事は気の抜けたラムネのようで、物足りなさは積もっていくばかりだった。

行造の方は早くにそれを察知したのか、くるくるかわる私の感情をもて余したのか、もともとそういう人なのか、北海道の自然のめずらしさや、本州と違う気候のもたらす変化の面白さを、簡単な絵ハガキで送ってきていた。

「浅井孝子さま、北海道の佐伯さまからお便りでございますよ」

洗濯室のガラス戸の隙間から、ハガキをもつ手をひらひらと振り、信子さんが顔を出した。

「ほらっ、きたじゃない」

信子さんが笑っている。一年上の英文科の彼女にも東大生の彼がいる。一年上といっても、私は浪人しているので同い年である。お互いに何でも話し合える。

「今日は二枚目でーす」

「エエッ、ホント、よかったね」

手紙を書け書けという私に、彼は五枚綴りの大雪山の絵ハガキを一枚ずつ送って寄こした。一枚目から順に机の前の壁にピンでとめ、大雪山の完成を楽しみにしていた。珍しく午前中に二枚目がきてピンでとめたばかりだった。内容はストーブの石炭くべに追われてるだの、カメラを修理に出しただのというものだったが……それでも私は嬉しくて、着ているものまで洗ってしまった。

自分の気持の動きや、身体の不調を訴えたとしても、気の抜けた返事では、私といえども諦めて、その頃から楽しいことばかり並べて手紙にした。

寮祭の仮装行列では北原白秋になって袴姿で練り歩いたとか、夜、十一時まで炭坑節の稽古に励んだとか、キャンプファイヤーを囲んでスクエアダンスをしたとか、新宿東口に新しく出来た寿司屋が安いとか、私にとってはどうでも良い学園生活を書き送った。

私の楽しいだけの手紙は、そして彼の簡単過ぎる絵ハガキは、根底に不安を抱える私をやはり少しずつ追い込んでいった。

この頃私はよく熱を出した。風邪を引いて三日寝、一日バイトに行ってはまた寝込んだりした。目の痛みも酷く、冷たいタオルを目に押し当てて、皆が出払った寮の一室で終日過ごした。

そういう時でも手紙がくると、私は驚くほど元気になった。

だが、たてつづけに手紙を出しても、一向に返事がこないと、彼から来るまでは手紙など絶対に出すものかと頑張って、一カ月近くも書かなかった。

彼の方はボーナスが入り、暮れの休みも近く、友人たちとのスキーや交流に忙しいのか、特に手紙を待ってるふうにも思えなかった。それがまた、私を追い詰めた。

雨が降り、薄寒さが背中に張り付くような十二月を寮で過ごした。そして私は、私の家族、私の一番逃げ出したい人たちのもとに帰って行った。

年の明けた昭和三十六年一月二十三日、行造は北海道から国立《くにたち》にある国鉄の中央教習所に帰って来た。実習を終えた彼は終了論文にとりかかっていた。あれほど帰りを待っていたのに、一度ずれた感情はなかなか修復することが出来なかった。

彼は山口から上京した父親を、新橋の第一ホテルに訪ねたが、私を連れて行くことはなかった。私の存在すら父親に知らされぬまま、二月も過ぎていった。

相変わらず目の痛みはあったが、治療が効き出したのか、日常の生活に支障をきたすほどのことはなくなっていた。

後期試験が終わっても、私は寮にくすぶっていた。寮生たちはそれぞれ郊外に遠出したり、映画に行ったり、デートしたりと忙しく、試験後の開放感が寮中に溢れていた。

私と行造のことは、最初の頃の頻繁に届く彼からの手紙で知られており、仲良しの友人たちは、時にひやかし、時に心配してくれた。

日曜日だった。朝から渋る私を激励しながら、信子さん、則子さん、令子ちゃんがサンドイッチを作ってくれている。台所の配膳台に、卵、チーズ、ハムのサンドイッチが出来上がっている。

「これ持って行って、ふたりで食べなさい」

「そうよ、そうよ。まずは美味しいものを一緒に食べる」

「ふいに行くからいいんでしょ」

「行けばいいのよ、絶対。喜ぶってば」

ぐずぐずしている私を横に、それぞれが勝手なことを言いながら、セロファンに包んだ上から包装紙を巻いてリボンまでかけている。紅茶の用意もしてくれた。

三人に追い出されるようにして、私は国立までやって来た。目白駅までバスで出て、新宿で乗り換えたはずだが、何処をどう通って国立駅へ降りたのか、ふらふらとやってきていた。

どう考えても喜ぶとは思えなかった。どう考えてもうまくゆくとは思えなかった。国立駅から中央教習所を尋ね尋ね、三人のうまくゆくに決まってるという言葉をたよりに、重い気持を引きずり、歩いた。

教習所の門は開いていたが、建物の中は深閑としている。その日行造は偶然当番で、皆が出かけた後の留守居役だったという。

守衛さんに呼ばれて、鉄筋の廊下の奥から真っ直ぐ歩いて来る、背の高いひょろりとした姿は彼のものだが、建物の中は薄暗く、逆光のせいか表情は見えない。玄関に近づいたとき、顔が見えた。

(来なければよかった)

自分の予感が的中したことを知った。すぐにでも逃げ帰りたかった。彼はもう一人の当番に断って、外に出て来た。何も言わなかった。ただ私の前を歩いて行く。私も黙って付いて行った。

小さな公園があった。薄日の射した二月末の公園は草々も枯れ、白茶けた地面を見せていた。風は吹いていただろうか。

「困る」

と、彼は言った。

私は、

「帰る」

と、言った。そして別れた。

帰りの駅で、サンドイッチの包みをくず入れにそっと捨てた。


『ボストン』というケーキ屋は、目白駅から西に五十メートルばかり行った角にあり、二階を喫茶店にしていた。一、二度行ったことのある店は、パステルカラーが印象的な女性客の多い店である。屋敷町をひかえ、裕福そうな母娘連れや、奥様風の若い客が出入りしていた。

四月の花冷えのする夕方、私たち寮生四人は二階の喫茶室にいた。ドヤドヤと階段から押し入ってきた黒い一団が、私たちの前で止まった。

「やぁ、初めまして、ワケイジュクの者たちです」

勢い込んで走ってでも来たのか、荒い息をさせた四人の男性たちは、外の空気を引き連れて、キラキラしていた。

和敬塾というのは女子大近くにある男子ばかりの寮である。地方出身者だけが入れるという。大学は色々、出身地も別々、ただし一定の基準を満たした者だけの名門の寮だという。一定の基準が何か分からなかったが。

女性四人は済美寮の三年生。私たちは三年生になったばかりだった。誰がどう取り計らったのか、楽しくやりましょうと集まった第一日目だった。

夕方六時の店内は、似たような学生のグループが陣取って、賑やかである。

男性たちの入り方がよかったのか私たちはすぐ打ち解けた。ケーキとコーヒーを前にひとわたりの自己紹介が終わる頃は、周りの賑わいに負けない雰囲気になっていた。

東京外語の矢野さんがインド語で挨拶をし、私の出した手帳にそれを書いた。

「へェー、これがインドの文字？」

初めて見る文字を女性たちは頭を寄せて珍しがった。

寮が近いせいもあって、和敬塾で催されるダンスパーティーにはその都度招かれた。安保の後、学生たちの間では盛んにダンスパーティーや合ハイ（合同ハイキング）が行われていた。歌声喫茶は下火になり、労音のクラッシック音楽会、ジャズ喫茶などへと移行しつつあった。

和敬塾は田中角栄の屋敷のある町の一画にある。寮というより広大な屋敷というしつらえで、立派な石の門がある。ダンスパーティーは講堂のような広い所で開かれていた。学生バンドが入り、ジルバ、ルンバが大流行。寮にも学校にも慣れ、重いテーマの安保からも解放された遊びたい盛りの私たちは、仲良くなっていった。

その日もいつもの人たちと一緒だった。誂えてもらった濃いブルー地に白のチューリップの私の大胆なパーティー服は、流行りの落下傘スタイル。ウエストからぱっと大きく広がるものである。

曲はジルバに変わった。暗幕を張り暗くした部屋が一段と暗くなり、ミラーボールがきらきらと星を降らす。パーティーたけなわの興奮が伝わってくる。

私は全く知らない人に手を取られていた。細身の黒いシャツ姿の相手は、他学生にない雰囲気の人だった。ダンスはことのほかうまく、両手をつないでステップを踏むかと思えば、私の腰をちょっと回してターンする。私は、彼の動きと腰にあてた手の指令に従って懸命についていく。

曲は激しさを増していった。

頭上で廻る手から次から次へ指示が出る。私は右へ左へ、くるくる廻っていた。その度に、スカートがフルフル、フルフルと回転し、時として身体にまつわる。一段と大きく繰り出されてくるテンポの速い曲と回転は、私を上へ上へと上昇させた。身体はリズムを刻み、自分の世界のみを追いかける。

踊っているというより、踊らされているといった感じの間で、全ての鬱憤、全ての淋しさ、全ての言葉にならない感情を叩き込んでいった。

（もう知らない）（私の知った事ではない）（あなたが悪いのよ）（どうして、何故）

（このまま……このまま）

さまざまな思いの頂点で曲は終わった。

いつの間にか、輪の真ん中にいた。パラパラと拍手が起こった。周りは踊りをやめ、私たちふたりを見ていたのだった。

（私はどんな様子で踊っていたのだろうか）

輪の中心から急いで、私は出た。

和敬塾生との交流は続いていたが、私はダンスには行かなくなった。メンバーの誰かの誕生日になると、早稲田通りの安食堂の二階でお祝いの会をやったりした。プレゼントにおしゃぶりやがらがらを女性たちは持っていった。

久しぶりにみんなで集まった夕方だった。女子大裏の雑司ケ谷墓地は唯一近くにある緑の多い場所である。きちんと区画された墓地は整然としている。地方出身の私たちは、都会的な洒落た所より、木々が鬱蒼と繁り常に湿ったようなこの墓地を愛していた。

墓石には漱石はじめ有名な文学者や学者の名も多く見ることが出来た。死はまだ遠く、その空間の作り出す知的な雰囲気が私たちの関係を明るいものにしていた。

墓地を七人で巡って、護国寺への裏道を歩いていた。夕暮れの赤い陽が、道いっぱいに並んで歩く七人の顔を真向かいから照らしていた。七人は前になり後ろになり、話しては笑い、笑っては立ち止まり、後ろ向きになって中島君が令子ちゃんをからかっている。

「ハハハ……」

空に顔を向け、屈託なく令子ちゃんが笑った。

真っ直ぐいけば鬼子母神。角を左手に折れ、銭湯の前を通り、女子大の寮の門を横目にしながら通り過ぎる。

名画専門の二番館、いつもお世話になっている『人生座』の持ち主、三角寛《みすみかん》の瀟洒な屋敷の前をすぎ、屋敷内から伸びる楓や桐の下枝をくぐり抜ける。

道は小さな商店を数軒並べた通りになっていた。前方に薄紫と明るいブルーのない混ぜになった空が広がっている。ふざけあい喋りあっていた七人は、黙って空を見上げた。凸レンズで見るようなのびやかな空。

「きれいだなー」

誰かが言った。七人は足を止め吸い込まれたように顔をあげ、空を見ていた。

私の耳元で矢野さんが囁いた。

「君がジャン・クリストフ読んでないなんて可笑しいよ」

いつの間にか彼は私の背後にいた。

「そぉ？」

私は彼に顔を向けた。

「僕のやるよ」

そう言うと彼はすっと歩き出した。

（読んでないなんておかしいよ……か。あの空の色、きれいだなぁ、本当にきれい！）


「サンドイッチ事件」以来、行造と私の間はさらにぎくしゃくとしていた。私たちはなんとか自分たちの関係を修復しようとした。

「八日、ゴゴ六ジ、タナカヤニテマツ」

急に時間が出来たり休みになったりすると、彼は電報を寄こした。彼の方もなるべく時間を作ろうとしたし、私も電報を見ては出かけて行った。

田中屋は目白駅からすぐの所にある。二階の中心部分は吹き抜けになっている。吹き抜けの部分につき出したように小さなフロアがあり、グランドピアノが一台置いてある。ドアを押すと、空間に浮くピアノがとびこんでくる。喫茶店特有の暗さの中で光を集めたように黒く光沢を放っているピアノは印象的であった。

夕方から生演奏が始まり、ショパンの『ノクターン』、ベートーベンの『月光』などが流れていた。開かない窓に、黒いレースのカーテンがかかっていた。テーブルの赤いシェードの小さいランプは黒いレースと似合っている。

駅から近い為か、待ち合わせのカップルが多い。二時間もいると、なんとなく居づらくなって外へでるが、それから行く所がなくなる。

すっかり暮れた都会が、好色、退廃、苛立ち、不安、冷淡、さまざまな胡散臭さを内包し私たちの前にある。ふたりはそれらのすべてに圧迫された。ビルの角々を曲がり、蠢く人びとの気配に立ち竦《すく》んだ。ふたりの距離は狭まることなく離れることなく、重い空気を抱えたまま、夜の街をほっつき歩いた。歩いても歩いても、間の空気は軽くならず暖かくならず、出口のないまま別れの時間がきてしまう。

そういうことが何度かあった後の土曜日、状差しに彼からのハガキが一枚さしてあった。その日、友人二人と映画に行く約束をしていた。

『午後四時、吉祥寺駅の中央改札口で待っている』という簡単なものである。私はハガキを上着のポケットに入れたまま、友人と一緒に映画へ行った。

（学校から直接、映画館へ行ったのでハガキは見なかった。吉祥寺、四時なんてことは、私は知らなかった……）

ハンガリー狂詩曲、リストの熱情的なピアノ曲が映画館全体に響きわたっている。人妻に寄せる行き場のない思いを抱いてキィを叩いている恋するリスト。

（今なら間に合う、今ならまだ……）と思いながら、私はポケットのハガキをしっかりと握りつぶした。

（私は知らなかった……）

（十）忘れな草

「三月一日午後、東芝の府中工場の見学があり、その帰りに皆と別れて吉祥寺に行きました。風邪をぶり返して気分が悪かったので工場見学はさぼりたかったのだけど、外泊の許可は取っていました。外泊だけするのも変なので、我慢して見学したのでした。

駅で二時間程待ちました。時間でも間違えたのではと六時まで待ち、七時にもう一度駅へ行きました。疲れているのも手伝って腹がたちました。

今度の土、日の三月四日、五日は我々の一周年記念なので少々豪華な旅行でもと、旅行の相談をしようと楽しみにしていたのです。それともまた目の痛みが強くなったのでしょうか。心配もしています。

四日、五日是非会いたいと思っています。駄目なら七日ですが七日は火曜日なので、君のバイトで駄目となると八日ですが、八日、六時、目白の田中屋で会いましょう。

では
行造
昭和三十六年三月二日」

三月一日、一種の覚悟をもってすっぽかした私は、四日の午前中に届いた彼からの速達を、複雑な思いで眺めた。

「我々の一周年記念」「是非会いたい」「会いましょう」私の今日までの屈託を笑うかのような文字が並んでいた。

私たちは約束の三月八日、目白の田中屋で落ち合い、彼のいう豪華な旅の案をふたりで練った。だが彼の終了論文や、配属や転寮などのためにこの旅の案は流れてしまった。

三月二十日に彼の配属地が決まった。日本国有鉄道、信濃川工事局、土木課。三月末には新潟県でも豪雪地帯である小千谷市に行ってしまった。相も変わらず手紙は来ず、四月二十日にやっと受け取った手紙は速達だった。四月十九日、小千谷駅前と押印されている。北海道と違って一日で着くということが私を心強くさせた。

今までは就職したといっても研修期間で、学生時代の延長のような気安さがあったが、配属されてからは一人前の技師としての仕事が与えられた。

五月の連休中留守居役として働いた彼は連休明けの六日、七日と休みをもらうことが出来た。私たちは小千谷と東京の中間地点である、上越線の湯檜曽《ゆびそ》駅で落ち合うことになった。湯檜曽は谷川岳の山裾にある。谷川岳の登山口としては土合《どあい》駅があるが、湯檜曽にはひなびた温泉宿があり、夏期には都会からの入山者で賑わう。

列車は水上《みなかみ》を過ぎた頃から上り始める。鋭い稜線をみせ前方にそびえていた谷川岳は、車窓からいつの間にか見えなくなった。谷川連峰のふところ深く列車は入り込んだのだろう。水上、湯檜曽、土合と進むに連れ急勾配になる。川端康成の『雪国』の冒頭の一節『国境の長いトンネルを抜けると雪国であった』は土合駅に続く清水トンネルのことである。

列車は山裾を大きなループ（円）を描きながら上がって行くのだが、湯檜曽駅はそのループの入り口地点にある。

ホームに降りた。ホームの片側は急斜面の山が迫っている。駅舎は反対側の長い階段を下りた下方にあり、コンクリートのホームは新緑の中に宙に浮いた一本の線のようだ。

連休明けの湯檜曽駅の乗降客は少ない。深い冬から解放された新鮮な山々の迫り来る息吹に、私は立ちつくしていた。

萌え立つ緑、どこを向いても緑。

彼は十三時二十分着の列車で来ることになっている。ホームの真ん中に立つ。今はもう誰もいない。静けさがあたりを打つ。単線の線路が一本、幾重にも重なる緑の中へ押し入っている。あの緑の奥から彼の乗る列車が、もうすぐ現れる……。

予約を入れていたもちや旅館に入る。

何処から見ても私たちが夫婦者に見えるはずはなかった。行造は背広にネクタイ、私は臙脂《えんじ》に黒のまが玉模様のブラウスに細い黒白の縦縞のスーツ姿である。周りの風景にも空気にもそぐわない。

恐る恐る入った玄関で、宿のおじいさんに「よくおいでなさった」という暖かい言葉をもらって私はほっとした。

私たちのゴウカな旅の膳には、宿の主の採った山の物が並んでいた。たらの芽の天ぷら、香りの高い山ウドのぬた、あけびの芽のあえもの、つんとした針のような芽は三センチ位に切りそろえられて、緑の色濃く白い深鉢に納まっている。

「たらの芽はなかなかむつかしかな。高い所にあらぁ。芽が伸びてしもうたら、こりゃ、駄目だぁ。こんまいもんじゃなかとなぁ」

「自分でも採れるだろうか」と、聞いた彼に向かって宿のおじいさんが答えている。

晴れ晴れとした彼の声を、私は久しぶりに聞いたように思った。

東京の宿は常に私を後ろめたくし、自分を不潔なものとすることを否めない雰囲気を持っていた。休める家を持たない私たちの行く所といえば、安い料金の連れ込み宿しかなく、心を寄せ合うにはあまりにも情けない場所であった。私たちは私たちの恋愛を清しとしながらも、染みついたような夜のなかで、傷つけ合わないように寄り添っていた。

ふたりはまわりの雰囲気にあらがうように独語や英語の辞書を片手に勉強したりした。頭を寄せ合って勉強していると、箱崎の二階の部屋にいるような気になって、私はいつになく素直になった。けれど、大方は宿の持つ陰湿さと、女子大の良妻賢母、純潔思想の狭間で私はゆれていた。

湯から上がるとこざっぱりした座敷に布団が二つ敷かれていた。彼はまだ湯なのだろう。誰も居ない部屋に緊張を解いた。

枕元に竹で編んだランプが置いてある。物音一つしない。障子を開け、ガラス戸に額をつけて外を透かし見る。ガラス戸に張り付くように闇が立ちはだかっていた。天井の電気を消してすべるように片側の布団に入った。編み目の明かりが襖に映り、模様を浮かび上がらせている。

いつの間にかまどろんでいたらしい。彼が布団の片側をそっと開けた。左の手の平に電流が走った。

『獅しゃどーきゃ　おりろ　　　（獅子は何処にいるのだろう
　玉どま欲しゅうなーかいろ』　　玉など欲しくはないのだろうか）

低く地を這うような歌声に小学五年生までいた遠い島の祭りの風景がよぎってゆく。諏訪神社の別棟である小さい祠の前庭に黒獅子と赤獅子が地面に這いつくばって眠っている。顔を白く塗り、祭りの衣装を付けた六、七歳の男の子が二人、二匹の獅子にむけて、金と銀の玉を振る。

赤い襷《たすき》の結び目が、足を踏み替えるたびに小さな背中でゆれている。紐で結えられた草履の片足を前に出し後ろ足で踏ん張って、玉を獅子の前でおずおずと振り下ろす。振るたびに鈴がゆれた。

チロチロ、チロチロチロ、私の耳もとで、乾いた音がする。

獅子は悠然と眠っている。抑揚のないゆったりとした歌声がようようと高くなり、男の子たちも少しずつ進み出る。振り下ろす手の動きも、鈴の音も次第に力強くなってゆく。あぶでも追うかのように獅子はかすかに首を振り、また眠る。

早く遅く繰り返される歌声とシャラ、シャラと鳴る鈴の音に、獅子はゆっくりと目覚めてゆく。

『獅しゃどーきゃ　おりろ
　玉どま欲しゅなーかいろ』

足をふみかえ、ひょいと観客を振り向いた子供の白い顔が、私の前面にぱっと広がる。深い眠りの底から起こされた獅子は、かっと目を見開き、大きな口をあけ玉を相手に砂利を蹴り、立ち踊る。獅子の頭の振りが激しくなり、二匹の獅子の間をくぐり抜ける男の子の顔も紅を挿す。愛くるしいしぐさに力がこもり、真剣な表情は緊迫感を伝えた。二匹の獅子は後ろ足で立ち、二人の男の子は玉を高くかざし見栄をきった。

間断なく続いた歌声は終曲に向かっている。獅子も静かに横たわり、深々とまた眠ってしまった。

天草の祇園さんの、川風にのる野太い歌声が、高く低く私のなかで鳴っている。

「まだ目は痛む？」

彼の声に呼び覚まされるように私は目を開けた。心配そうな顔があった。

私は身体をほどき、彼の手をとって私の目に持っていった。

まぶたを彼の指が軽く押した。

「もっと強く……」

指に力がこもった。突然わけの分からぬ涙が溢れた。いったんこぼれ落ちた涙は、とどまることなく流れ出てくる。

水道橋の風景が浮かぶ。都会の夜の交差する光と闇、無機質な空間、空気、人、寒々しく張り付いた私の心。

スーと涙が流れるたびに居座った塊が溶けてゆく。

彼の指が涙の跡をなぞっている。なぞってもなぞっても涙は止まらなかった。

彼はまた強く私を抱いた。


朝、宿を出るときお弁当を作ってもらった。谷川岳から流れ出た湯檜曽川は土合を経てここで本流の利根川と合流する。

流れは川の中ほどにあり、濃く深みを作っている。川幅は広く、浅瀬に水を運び入れ小石を洗う。川風が吹き、さざ波がたち漣《さざなみ》が漣を追いかけ広がってゆく。

私たちは川原の一本の雑木の下、大きな岩肌に身をもたせかけ並んで座った。彼はコートを脱ぎ、私は上着を鞄の傍に置いた。

　青き花の忘れな草
　君よ　胸に秘めませ
　花は散れど　君が愛は
　永久しなえに　変らじ

彼は私に歌を教えるという。口ずさみながら、私の手帳に歌詞を書いている。

「おふくろがよく歌っていた。おふくろ、徳女（徳山高女）のカナリアっていわれていたんだって」

曲は讃美歌にある曲である。私もすぐ声を合わせた。

歌っている私の横でコートを敷き、彼はながながと横たわった。両手を胸で組み、目をつむっている。口元を少し開き、まわりの山の溢れる生気を全身で受け、満ち足りた安らぎを湛えていた。

緑に埋まってしまいそうなこの山あいの川原で、今という時に身体をあずけ、この一瞬をすべてとして感じていようと、風に吹かれ思っていた。

身体に変調を感じたのは、六月も末のことである。「もしかして……」と思い始めると不安だけが残る。

「冴子さんとよく似てる」「冴子さんかと思った」と入寮した時に、上級生の誰彼に言われた言葉が思い出される。冴子さんとは、慶応の学生と恋をして子供が出来、大学を止めた人である。「似ている、似ている」と言われるたびに、冴子さんが覆い被さる気がしていた。

不安は日ごとに増殖していったが、仕事に追われているだろう行造に告げることが出来なかった。私は三年生で、まだ一年学業が残っており、母の期待を背負ってもいた。弟のことも、父のことも、あずかり知らぬと言いたかったが、私の家族だった。家に閉じこもりがちな弟と祖父の間で、おろおろする父は、母にとっていつまでも頼りない、ふがいない男である。

母の嘆きの手紙は、私への期待の手紙であり、私の挫折は母の挫折でもあった。自分のなしえなかった望みを娘に託し、つましい家計から仕送りをし、娘の卒業を唯一つのなぐさめとして待っている母。母を不幸にすることは出来ない。

目の痛みは軽くはなっていたが、変わらず続いていた。毎晩、寮の台所で漢方薬を煎じていた。友人たちはやさしくて、誰ひとり文句を言う人はいなかったが、ガスを四十分程個人的に使うことも、廊下まで流れる漢方薬特有の臭いも、私には気になることである。鍼にも週一回の割で通っていた。一回四百円の代金も一カ月で二千四百円になる薬代もバカにならなかった。月四千円のアルバイトはやはり欠かせないものである。

大学の方も専門分野に入ってゆき、卒論に向かってなにを専攻するかが問題になってきていた。前、後期のその場限りの試験はさほど困らなかったが、系統だてて何か一つ論点を絞り込んでゆくには、私の神経は散り散りに乱れている。

校庭で談笑している学生、図書館への小道を友人を追いかけ走っている人、梅雨明けの空の下、皆、潑剌とまばゆいほど明るい。学校中が夏の到来を待って、浮き足立ち笑いさざめいているように感じられた。

笑っているかと思えば、スーっと涙の出るような私の状態は、同室の信子さんを心配させた。

その日私は浴衣を着た。母が縫ってくれた白地に赤と黒のかすり模様の物である。

「浴衣を着たところを貴方に見せたかったので、田中さんの所へ着て行きました。見えましたか」

昨年の夏、北海道の行造に宛てた手紙に書いたものである。私はまだ一度も、自分の浴衣姿を彼に見てもらってはいなかった。

目白駅から池袋へ真っ直ぐに延びた小道の脇に、目当ての産婦人科はあった。片側の崖下を国電が走っている。道端に、都会の真ん中にしてはペンペン草がはえていた。ぴたりと寄り添った信子さんとふたり、入り口のドアを突進するように押した。ひらけた白い部屋、きちんと揃えられたスリッパ、ソファの横に丸テーブル、小さい受付窓、診察室と黒い板に書いた白い文字。よそよそしい広がり、誰も居ない。

まるで時が止まったようでもあり、凄い速さで回転しているようでもある。

名前を呼ばれた。信子さんが横でピンと動いた。

「行ってくる」

「うん」というふうに彼女は見開いた目で頷いた。

問診の後、看護婦さんにうながされ診察台に上がった。

「青き花の忘れな草……永久しなえに変らじ」

浴衣の裾が広げられるのを感じながら目をつむった。

「……永久しなえに変らじ……」


信子さんと一大決心して飛び込んだ医院では、「何の兆候もありません」という医者の一言で、あっけなくことは終止符を打った。

泣き笑いのような事後報告を受けた行造は、すぐ上京してきた。彼は自分の承諾なしに診察を受けたことに、しかも医者が男性だったことにおかんむりだった。彼のおかんむりぶりは私を幸福な気分にした。

彼も自分の家を説得する必要をようやく感じ始める。

「清美が上京して来るから。彼奴なら俺たちの味方になってくれるよ」

清美というのは彼の三歳下の妹である。自分と考え方もよく似ているからと彼は言った。

兄に寄せる妹の複雑な心理に、彼はその時気づかなかった。そして兄を持たない私もまた、思い及びもしないことであった。

「味方を得る」という思いいっぱいで、私は上京する清美さんを東京駅に迎えた。彼女は山口女子短大を出て、山口大学の学生寮の栄養士をしていた。夏休みを利用して文化服装学院の帽子造りの講習を受けるために、一カ月ほど滞在するという。長旅の疲れもみせず降りてきた彼女は、彼に全く似ていなかったが、愛想のいい笑顔も話し方も私を安心させた。「……しちょって」という山口地方の言葉も柔らかく思われた。

彼女の滞在する池袋の下宿先が分からないというので案内することになる。池袋は入り組んでいて、探す家はなかなか見つからなかった。七月末の照り返しの強い日射しに汗まみれになりながら、やっとそれらしい家を見つけた。先に着いていた彼女の友人に会ったとたん彼女は言った。

「貴女はもういいよ」

私は一瞬ひやりとしたものを感じた。

清美さんの上京を待って、七月二十一日彼と土合駅で合流し、三人で谷川岳に登ることになっていた。

登山の前日、彼女とふたりだけで登山口に宿をとった。

「姉貴と違って清美は分かってくれる」という彼の言葉に一片の疑念も持たなかった私は、私の考え方の全てを分かってもらいたいと思っていた。私は自分の恋愛観、生き方を述べることに懸命で、聞いている彼女の表情に何らかの変化があったとしても、まったく感じ取ることは出来なかっただろう。ただ、「貴女は下宿屋の娘なのよねェ」と言った清美さんの一言だけは、音叉の鈍い響きのように残っている。

翌日来た彼と三人で谷川岳に登り、彼の任地先の小千谷も訪ね、私は博多に帰った。夏休みも半ばを過ぎていた。やっとこれで彼の両親に理解してもらえるところまで漕ぎ着けたと思っていた。「清美が報告してくれているし、自分も両親に手紙を出しておくから」という約束で、私は山口に行くことになった。

八月も末近くの暑い日だった。父も母も、彼とのことをあまり報告しなくなった娘の出立を、精一杯の土産を持たすことで見送ってくれた。

母が作ってくれた白いローンのワンピースを来て、彼の家に初めて行く。小郡《おごおり》駅で山口線に乗り換える。列車はふし野川沿いに夏日の田園風景のなかをトコトコ行く。時々小さな駅舎でストップし、数人の客が乗り降りし、またトコトコ走ってゆく。

窓からの風に髪を遊ばせ、列車のリズムに身体をあずけていると、気負った気持もからっぽになっていった。

四方をぐるりと山に囲まれた山口駅に着く。駅に清美さんが迎えに来てくれていた。タクシーは緑の木立の並ぶ広い通りを走っている。横の清美さんは黙っている。突然「あれが県庁」と一言。私はあわてて左手を見た。タクシーはそれが合図のように止まった。

広い通りから細い路地に踏み入る。「源氏蛍が出るんだ。普通の蛍の倍くらいの奴が飛ぶから幻想的なんだよ」と行造の言った一の坂川の小さな石橋を渡った。家々の丈より高い垣根の間の細い道をくねくねと歩く。降る程の蟬時雨に先を行く清美さんの白いパラソルが不規則に揺れている。

両開きの窓のある和洋折衷のモダンな外観の家の前で、パラソルは止まった。

「お入りなさい」

ドアを開けて彼女は言った。玄関の瑠璃色の花瓶にあふれる百合の花。ちょっと触れればひっくり返りそうな背の高い花台を、私は危ぶみながら眺めた。

　彼の母とは博多の家で会っている。

「まぁ、まぁ暑かったでしょう」と食堂のテーブルに招じられカルピスが出された。

「姉です」

　清美さんの紹介だった。一歳上の姉がいると行造から聞かされていた。姉の頼子は商社マンと結婚しているが夫は単身でサンフランシスコ勤務という。子供もいないので実家に帰って来ているとのこと。都会的な華やかな感じの人である。

　ひととおりの挨拶と「ご両親はお元気？」などというほかは特に話があるわけではない。

　卓上のコップは水滴を吹き出している。氷がコロンと音をたてて崩れた。

「資生堂ね、カードを出したらあそこの店員わからなくって、困っているのよ。資生堂がよ」扇風機の風を襟元に入れながら姉が不服そうである。

「あら、お姉ちゃんも？　この前ね私もカードで支払いますというのに、八木百貨店でもわかっちょらんのよ」

「デパートなのにねぇ。カードなんて皆持ってないんだから仕方ないけど……」

「そりゃそうよ。誰もが持てるもんじゃないもん。一定の収入がないとカードなんて作れないんよね、ね、おかあさん」

「ええ、それで頼子さん、クリーム買ってきてくれた？」

座敷を通して八月の庭が見える。強い日射しを受けた白い庭。手前の縁側に黒く動くものがある。

（ああ……太郎だ）

柴犬の太郎の話は彼から数多く聞いていた。臆病なくせに人なつっこい太郎の失敗談は、私をいつも笑わせていた。

尻尾を精一杯振る太郎が、彼の分身のように私には思えた。

夕方には行造の父も帰り、食卓を共に囲んだ。山口日産の工場長をしており、背の高い堂々とした体軀の持ち主である。ひょうきんな博多の父とちがい、家長らしく重々しい。特に眼光の鋭さが印象的で近づきにくい気がした。

翌日はザビエルの塔、雪舟の庭、瑠璃光寺の五重の塔と山口の名所旧跡を案内されたが、その間、行造という名は一度も出なかった。一度も出なかったが彼の手紙が届いており、承知の上での案内と思っていたので、緊張しながらも楽しく過ごして博多に帰った。

山口の行造の家から帰って詳しくその時のことを彼に書き送った。彼に両親から何か言って来たかと尋ねた。無事通過とまではゆかなくても、何らかの反応はあったのではないかと思っていた。

彼の返事には、特に山口から何の便りもないこと、両親に手紙を出し得なかったことが手短に書かれていた。彼は手紙を父親に出していなかった。出せなかったという方が正しいかも知れない。手紙を出せない彼を理解することは、私には出来なかった。

私はまた、気持を閉ざしていった。九月になっていた。

（十一）拋《ほお》る

「手紙なんか書かなくても分かっているさ、お袋は」

夏休みが終わり、久しぶりに会ったとき、どうして手紙を出さなかったのかと問う私に彼は静かに答えた。

「わかってる！」今までだって分かっていたはずではないか。

三月の中頃だったか、彼の一年の研修が終わり、配属が決まる前に一時休暇が出た。お袋に顔を見せてくると山口に帰ったことがあった。東京駅まで見送ったが、前日共に過ごした彼のコートのポケットに、迂闊にも私の財布と手袋の片方があることに、ふたりとも気づかなかった。

春休み博多の家に帰った私宛てに小包が届いた。差出人が佐伯梅子となっている。私に？　けげんに思った。なんだろうと小包の紐を解くあいだも、もどかしかった。微かな期待を持った。けれど茶黒い小包からぽろりと出て来たのは、赤い貧弱ながま口と手袋の片方だった。紙に包まれてもいない、一行の添え書きもない二つの物を、私はただ眺めた。

行造には、財布が彼のポケットから出てきたことも、私に送り返したことも当然知らされていなかった。

全く気づかない振りをすることで、私たちのことは封印されてきた。今回初めて、彼が妹に働きかけ現状打開をしようとしたのではなかったか。親に認められていない私たちの関係が今まで私をどんなに圧してきたか、彼にも分かっていると思っていた。

「手紙書かなきゃ、お父さんには届かないわ。今までだってお母さんの所ですべてストップしてるんだから」

「清美にちゃんと説明しておいたのに……」

「清美さん？　清美さん、私よく分からない」

清美さんは本当に応援してくださってるの、という言葉を私は飲み込んだ。

「お袋は分かっているさ、分かりたくないだけなんだから」

彼はまた繰り返した。

分かりたくないだけ……そんな所に手紙も書かないで私だけ行かせたの。何で書かなかったの。どうして。私はなに？　わけのわからない人がある日突然我が家にやって来た。この人誰？　って。

私は当然貴方が手紙を書いてくれていると思っていた。なにも話には出なかったけど、お父さんもお母さんも分かっていらっしゃると思っていた。手紙を出していないなんて思いもしなかった。貴方たち親子でしょ。そんなに書きにくい手紙なの、そんなに私は紹介出来ない?!

私は言いたかった。声を大にして叫びたかった。私の悔しさ、私の思い。私は私の両親まで愚弄され、人目に晒されたかのように感じた。人をバカにしないでよ。なんだと思っているんだ、貴方は！　貴方の家族はいったい何なの！

彼に食って掛かりたかった。けれど私は黙っていた。言えなかった。

彼の疲れた表情、暗い顔、小千谷から五時間かけて会いに来た彼、久しぶりに会った日。

言ってしまえば道はまた開けたかもしれない。私の感情は、胸の内でたぎればたぎるほど、表に出る事を拒んだ。言ってしまえばすべてが終わりになると、どこかで思っていた。

もう八時を回っているだろう。並木の銀杏が夜に手を伸ばし黒ぐろと立っている。電話でちょっと出て来いという。矢野さんからだった。和敬塾と女子大の寮の中間地点、三叉路から丁度三軒目に話題の服飾デザイナー水野正夫、和子夫妻の店がある。パリ帰りのふたりが開いた洋装店の一階は、小さな喫茶店になっていた。パリでのロマンスの風評は私たち女子大生に憧れを抱かせていた。

道から二、三段下がって低いドアを押す。十人も入ればいっぱいになりそうなモノトーンの空間。照明の多い店内は光に満ちていた。

「いらっしゃいませ」

レモンをくるくる剝いて、その皮を入れた大きなジョッキから、水を注いでくれた。螺旋形の黄色い皮が、水の中でくるりと動く。

「や、待った？」

ドアから半身のぞかせ、彼は笑った。

「なに？　よぅ？」

勢いよく、屈託なく矢野さんは私の横にぶつかるように座った。

「あぁ、本、ありがと。嬉しかった」

「読んでくれよな。僕みたいな奴だ」

雑司ケ谷の墓地を皆で歩き、夕映えの空を見上げたあの日に約束したとおり、彼はジャンクリストフ全六巻をくれた。六巻の文庫本は、私の本箱の中央に置かれている。

「今日はまた何？」

「いやぁ、バイトの子のことでね」

英語を教えている中二の女の子の心理状態が、どうもよく分からないという。中二くらいの女の子は何を考えているのだろう……と聞いている。

「中二ねェ……複雑になりかけ、かな」

中学時代の自分を思い起こしていた。

「気持わかるよという顔、あまりしても駄目だし、わからなくても、これまた全く駄目だし、むつかしいね」

「ふーん、そうか」

矢野さんは遠い目をした。


矢野さんと私は二人で映画に行くなどということはなかったが、バイトの子の相談、只今恋愛中の相手とのこと、人間関係の悩みと、話をする機会は多くなっていた。

夏以来、行造との関係は一進一退を繰り返し、彼は時どき上京したが、彼との時間は時に息詰まる程の疲れを私に与えた。彼は私の弟のことや母のこと、金銭的なことまで心配してくれていたが、胸の内にある不満をはっきりと吐き出せない私は、素直になることが出来なかった。

いつ頃からだったか、教育学部の学生、瀬波洋子と知り合った。校庭の木々の間を縫う彼女は、いつも風を引き連れて歩いているように見える。

彼女にも将来を約束した人がいた。彼女の両親の反対にあい、恋人である彼との間がぎくしゃくしていた。結婚は親の意向が強く反映されるものである。特に戸主である父親の考えが絶対だった。互いに同じような状況のためか、彼女と私は急速に仲良くなった。

彼女の父親は住友系の会社の重役である。反対の最大の理由は家柄の違いだった。彼の出身大学が私立であることも、地方出身であることも父親の気に入らなかった。

「何処の馬の骨かわからんような奴に娘はやれるか」という父親への反発、父と娘の間でおろおろする母親への苛立ち、なによりも父親と対峙する恋人である彼の自信の無さが、彼女を追い詰めていく。

「この前、彼を家に連れてったの。でも、父の前で小さくなるの。無理もないのよね。学生だったらまだ良かったのかも。彼、会社入って三年なの。会社組織も少しは分かるでしょ。だからなおさらかも知れない。でも、父と対等に渡り合って欲しかった……」

両親にも意気地のない恋人にも彼女は腹を立てていた。けれど彼女は揺らぐ自分に一番腹を立てていた。

丁度その頃、矢野さんも瀬波さんを知った。共通の友人の紹介だったという。矢野さんから「瀬波さんが好きだ」と打ち明けられたとき、私は彼女の事情を知っているだけに驚いた。矢野さんの苦悩はそれが始まりだった。

彼女は両親と恋人との板挟みの状態を、矢野さんとデートすることで浄化し、自分を建て直そうとした。

「矢野さんと話していると、私の周りのドロドロが流されていく気がするの。彼って考え方も生き方も清潔なのよね。あんな清潔な人がいるのかと思った」

不安定な彼女の言動は、そのまま矢野さんを直撃した。なにも知らない彼は彼女に翻弄された。

矢野さんは時に切羽つまったような顔を見せた。寮の玄関に影絵のように立つ彼を、私はどうなぐさめていいか分からなかった。

その日も矢野さんは寮に現れた。昼からの授業でみんな出払っていた。私も遅くなった昼食をそそくさと済ませ、玄関を出た所でばったりと彼に会った。

「どうしたの」

「まいったよ」

門衛さんに見咎められないで寮内によく入れたものだと思いながら、今にも倒れ込みそうな彼を、とっさに庭から部屋に入れた。

「上がって、早く」

寮監の隣の部屋、『下端』と呼ばれる六畳間が私の居室である。彼の脱いだ靴をひっくり返して畳に置いた。部屋の真ん中に一つある炬燵にとにかく彼を入れた。まず身体を温めねばならない。彼は弱っていた。全く寝ていないという。食事も取っていない。大学にも行ってない。

台所に行きこっそりお茶を沸かした。よく磨かれたガス台が昼間の静寂を吸い込んでひかっている。誰も帰ってきませんように。台所の奥の三畳間で音がした。お手伝いの女の子がいる。出てくる気配はない。

お盆に茶碗とアルマイトの急須をのせ、そっと部屋へ入った。炬燵につっ伏している彼にお茶を飲ませた。食べ物を渡そうにも部屋には菓子一つない。

暖まった彼は少し元気が出たようだ。五時間目が終わるには十五分ばかりある。学校から寮まで五分として、二十分は大丈夫だろう。万一、同室の二人が帰ったとしても、信子さんに一年生の光子さんだから驚くかもしれないが何とかなる。

「もう少し休んだら、まだ大丈夫だから」

「うん」

彼は炬燵布団に顔を埋めるようにして頷いた。

瀬波さんは突然婚約した。相手は父親の勧める十二歳年上のサラリーマンという。国電の初乗りが十円だった頃、その人の暮れのボーナスが二十万円と友人たちの間で囁かれた。金色夜叉じゃあるまいし彼女がそんなことで結婚を決めるものかと不快だった。

彼女は私に「婚約した」とだけ、告げた。「それでいいのか」と私は問いたかったが、なにも言わせないという感じが彼女の全身から伺えた。彼女の無言の変わりようは私に衝撃を与えた。置いてきぼりにされたように淋しかった。

本格的な冬の到来を告げるような風が吹き始める頃、矢野さんは少しずつ元気になっていった。ちょくちょく寮に現れる彼を見て、友人たちは「佐伯さんに言うわよ」などと佐伯さんそのものを知らないのに私をからかった。

佐伯さんである彼の方は初めてのデートのとき、護国寺から走って帰り門衛さんに叱られて以来、女子大周辺に来ることはなく、私の友人の誰一人として彼を知る人はいなかった。年に一度の文化祭は、男子学生も女子大内に入ることが出来る。ボーイフレンドや婚約者と堂々と歩ける唯一のときであるが、彼は一度も来たことがない。影のような彼の存在は、裏返せば私もまた影の存在に過ぎなく、ひっそりとした関係は明るい白昼にふさわしくなく感じられ、暗い底に沈んでいく思いのするものであった。

矢野さんと私は、いつのまにか同志のような気持になり、互いに友情と呼べる時が流れた。あまり自分の相手の話はしなくなり、時々会ってはにぎやかにバカ話をしては笑った。彼の口元からこぼれる白い歯は、清潔な彼をいっそう清々しく印象づけた。

行造と初めて会ってから五回目の秋も深まり、晩秋の風は鋭く肌を刺し私のなかを吹き抜けてゆく。女子大通りの銀杏もすっかり落ち、裸木の並木はいよいよ寒々しい。心理学教室のある豊坂下の別館を出て来た私は、坂の途中で後ろを振り返った。早稲田に向かって落ち込むほどの急坂である。眼下に早稲田界隈の家並みが淀んでいる。

昨年の夏頃から弱っていた弟の神経はますます細く敏感になっているようである。母の依頼を受けて心理学の教授に相談に行っての帰りだった。何回目かである。弟の写真や、父や母の写真までも持って行った。様ざまな角度からの性格分析をおこなってもらっていた。今日は結果と対処法についてであった。弟は母が心配したノイローゼでも精神の異常でもなかった。

「弟さんは十五歳にしては精神年齢が低く、小学六年生位で止まっているように思われます。両親の溺愛の結果と思われ……自主性のなさ……学校で調和してゆけないのは……両親の不安定さが一番悪く……両親は物事に動ぜず安定していることが一番……」

切れ切れに教授の言葉が思い出される。

両親の安定、私も望みたい。不安や不満を胸に納めることの出来ない母と、母の感情を沈めることの出来ない父がいた。弟はそんな二人の間で、思春期の自分を持て余し、うずくまっている。

母だけでなく父からも、情けない言葉を書き連ねた手紙が送られてきていた。父は株をやっていたが、私は株価の上がり下がりまでもいちいち気にしていた。せめて株だけでも上がって、私の家族に一瞬でも明るさを送ってくれないかと願っていた。

母は相も変わらず父への不満、経済状態、果ては弟の学校への寄付の相談から、祖父に掛かる費用の不足まで書いてきた。何より弟を心配した母の手紙は、私を苦しめた。私自身全く安定していなかったが、私を頼りにしている両親に、常に明るい手紙を書き送らねばならなかった。

混沌とした夕暮れの町をしばらく見下ろしていた。町は動かない絵のように横たわっている。

眼前の空間に向かって、私は思いっきり自分を抛り投げた。抛られた私が放物線を抛《ほお》る。

描きながら落下してゆく。抛った私は、両手を広げて風に乗る。

遊離できたらどんなに気持が軽くなることだろう。

ときおり上京してくる彼の胸にしがみつき、おいおいと声をあげて泣けたら、どんなに楽になれるだろう。

突然、行造の笑顔が浮かんだ。

笑っている。行造が笑っている。私を見て笑っている。

「ネ、良かっただろう、あの映画」

あれはヘンリーフォンダ主演の『十二人の怒れる男』の後だった。

「ほら、みろ。面白かっただろ、あの映画」

あれは岡本喜八監督の『独立愚連隊』の時だった。


薄紫の夕景が眼下に変わりなく広がっている。

今、彼との関係そのものが混乱していて、彼が実際に現れると私たちはぎこちなく、互いに何とかしようと思いながらも、そのまま別れてしまっていた。小千谷に帰る五時間、彼もまたその時間をどういう思いのなかにいたか、その時の私は思いやることができなかった。

彼の方も配属された場所で本格的な仕事が始まったが、仕事の内容が分かるにつれ、描いていた事と現実のギャップのなかで悩んでいた。

もともと若々しい活力に溢れたタイプと違い、若い割に諦念を持ったところのある人だから、荒々しく自分の感情を表に出すことを嫌っていた。あまり口にはしなかったが、忙しい割に実のない、抜け道の多い仕事の内容、官庁然とした国鉄の体質に嫌気を覚えているようだった。より実質的な建設会社の方がやりがいがあるのでは、もしくはもう一度大学院に入り直すか、彼は彼なりの学生にはない悩みをかかえていた。


同じような状態の繰り返しをその日もまた繰り返し、私たちは学習院前の道を目白駅へと歩いていた。九時近くになっていただろうか。今から上野まで行き、夜行に乗るという彼を送ってきたのだ。少し前を行く彼の後ろからついて歩いていた。

今日こそは何とかしなくっちゃ私たちは駄目になる。

私は強迫観念に取り憑かれたように思っていた。このまま帰られたら、私はいったいどうやって次の会える日まで自分を保っていけばいいんだろう。

暗い夜道の前を行く後ろ姿に取りすがりたいが、振り向いた彼の顔に微塵も暖かさを感じなかったとき、私はその時どうなってしまうのだろう。

唯一の救い、正常を保ち続けるためのただ一本の私の柱。私のつっかい棒。

学習院の堂々とした正門を過ぎると、もう目白駅の明かりが見える。都会の九時はまだ賑やかで、駅前の歩道を行き交う人びとの忙しげな動きが遠目にも伺える。煌々と輝く駅がどんどん近づいてくる。

ああ、今日もこれで別れてしまう。

私は後ろ姿を追いながら思う。きっと改札口でやっと振り向き「じゃぁ」とだけ言って行造は去って行くことだろう。私を置いたっきりで、ろくに目も合わせないで。私を連れて行かないで自分だけ淡々と帰ってゆく。

人とぶつかりそうになるのを避けて、駅に着いた。

彼は時計を見、振り返った。

「じゃぁ」

「ええ」

改札を通り階段を下りてゆく。今呼べば間に合う……一段、一段見えなくなる彼の姿を追いながら、私は、動けなかった。

このまま寮に帰る気にならなかった。駅前の交番の明かりをぼんやり見つめていた。

矢野さんはいるだろうか。

彼の明るい顔ばかりが浮かんだ。

学習院前の電話ボックスに引き寄せられるように歩いた。呼び出しの音をききながらも迷っていた。寮監のおじさんが出た。名前を告げる。寮は広いので出てくるまでに時間がかかる。居ないといいな、とどこかで思っていたが、思ったより早く彼の声がした。

すぐ出てくるという。目白通りを彼の寮の方角へ私は歩き、彼は駅へ向かって来る。一本道である。およそ二十分後、真ん中あたりで私たちは出会った。

私の声の調子で何か感じたのか、会ったとき彼は幾分緊張しているように思えた。私がちょっと手を上げると、彼もちょっと笑って頷くような表情をした。

「どうしたんだ」とも「何があったんだ」とも聞かなかった。女子大の方向へ並んで歩く。「今、送ってきた」と私は言った。彼は「うん」とだけ言ったがそれ以上なにも言わなかった。唯、横を黙って歩く。陸橋になっている千歳橋を渡る。池袋からのトロリーバスが光を交差させ橋の下を走り去った。ほとんど人のいない道を、ふたりは恋人同士のように歩いた。

私をかっさらっていってくれない。

私は思っていた。いっそかっさらわれたらどんなに楽になるだろう。

こんな膠着状況から私は逃げ出したい。行造は平気かもしれないが、心も身体も宙ぶらりんな、いつも置いてゆかれるような、魂だけ抜いてゆかれるような、こんな状態は私を少しずつ駄目にする。

私の学校、私の青春、初めてあの目白駅に降りた日、私は溌剌として今から出会える未来に向かって胸を張っていたのではなかったか、私はこんな所で、いったい何をしているのだろう。

私は自分の心に花びらを撒いた。ひらひらと、撒いても撒いても足りない花びらを、撒いてやった。

（十二）手紙

佐伯さん。

私は何を書くつもりなのか自分でもよく分かりません。ただ今のようでは駄目なのでは、そして私が駄目になるというような、あまりはっきりしない不安のために、何か書こうとしていることだけが、分かっているという状態です。

何をまた言い出すのやらと、貴方を辟易させそうですが、できるだけ真面目に書こうと思っているのです。けれど、今でもそんなこと止めてしまえ！　というようになりがちです。

今日まで繰り返してきたように、楽しいようなアンニュイな生活を、持て余し気味に過ごそうかと思ったりもします。けれどこの繰り返しは私の神経を痛めつけるばかりで、自分の気持を無理に引き立てたりすることが、かえって自分を追い込み、打ちのめすようにさえ思えてくるのです。

もっと楽天的になれれば良いのでしょうが、実際は楽天的とか、悲観的とかに関係なしに不安がつきまとうことは否めません。

貴方の家が私を受け入れてくださらないこと、これも私の陰鬱な状態の大きな原因の一つだとは思います。しかしこれが全てではない。

強いて言えば「これでいいのか」という声にいつも追い立てられているような、そんな不安なのです。貴方も分かって下さると思います。私たちはこれでいいのでしょうか。そして私は、これでいいのでしょうか。

少し感情的にいいますと、私の気持の底の底、私の関知しえないと思いたい奥底に、いま誰も住んでいないのではと思うことがあるのです。その思いに取り憑かれるとき、私の気持は寒ざむとしてきます。

寒ざむと凍り付いたもの、私に執拗に張り付いているもの、これは高三の後半に私を取り込み、今もまだ私に食い下がっているのではないか。

高三、浪人中と私は誰からも自分のなかに入ってこられるのが恐ろしくなっていました。誰かに入ってもらいたくてたまらないのに閉め出しているような、自分では全く閉め出す気がないのに、です。と同時に自分も決して友達の心の中に入っていこうとしませんでした。ただ淋しいような漠然とした憂鬱さを、吹っ切れない重い空気と共に味わっていたように思います。大袈裟に言えば「人間ってのはそんなもんよ」という具合に。

どうしてこんな気持になったかと考えてみますと、自然になったというのが本当かもしれません。それが大人になるということなのかも知れません。けれど理由をつけるなら付けられないこともない。色々書き立てますが、どうぞ我慢してください。

私が小学校時代と違ってわけもなく憂鬱になったり、淋しくなったりしたのが中学二年の時でした。仲良しの友達が欲しいと思いました。

その頃二階に藤井さんという仏文の人がいて、私に本を読むことを教えてくれました。様ざまな本を彼の本箱から勝手に引っ張り出しては読んでいました。

二階の五部屋全部が小倉高校から九大に入った学生に占められ、近所に散っている小倉の連中も我が家に集まり、まるでたまり場の観がありました。その中の一人に藤井さんがいました。

藤井さんは一浪していたので他の学生より一年年長でした。みんながたむろし陽気に騒いでいるのをよそに、静かにタバコを燻らしているような人でした。

藤井さんと本当に親しくなったのは、小倉の人たちが卒業してからです。社会学科から仏文に替わり、二階の左側の部屋、貴方がいらしたとき、私が使っていたあの部屋にいらしたのです。

藤井さんは学校にも行かず、ほとんど毎日机に向かって小説を書いていました。

「この小説がね、入選して、お金がたくさん送られて来るんだよ。そしたら美味いもん食べにいこうな」

私はすぐにでも入選し、すぐにでも美味いもんが食べられると、結構長い間信じていました。

「賞金、まだ送って来ない?」

時々、催促してみましたが、それは実現しませんでした。

ラーメン屋に初めて行ったのも、ホルモン焼きを初めて食べさせたのも、藤井さんでした。「美味しい美味しい」と食べた後になって、豚の腸だの、鳥の肝だのと説明されて、急に胸がムカムカしたのも、恨みに思ったのも藤井さんです。

英語の単語もよく引いてもらいました。

「明日はここまで、書いといてよ」

リーダーと単語帳を置いていっては、朝、学校へ行く前に取りに行き、眠っている藤井さんの枕元からそっとカバンに仕舞って出かけていました。

映画もよく連れて行ってくれました。「七つの大罪」「令嬢ジュリー」「秘密の花園」などなど、わけの分からぬフランス映画の怪しげなムードだけは覚えています。

その頃、毎日毎日学校から帰るとカバンを玄関脇に放り出し、藤井さんの部屋に直行していました。学校での出来事の一部始終、面白かったこと、腹の立つこと、悔しかったこと、次から次におこる私の大事件（？）を毎日報告していました。

藤井さんは時々「そうかい」とか「ふーん、そうかい」というのです。私は藤井さんの「そうかい」を聞くと満足して自分の部屋に帰っていました。

私はとても藤井さんを尊敬していましたけれど、敗北者のようにも思っていました。藤井さんには「人間は独りだ」という持論がありました。私は真っ向から反対しました。やっと人生を自分の気持で歩き始めようとしたばかりでしたから、藤井さんの老人のような、と感じました、持論が気にくわなくて、癪にさわっていました。

人間が独りだと思って、よくもまあ生きていけるもんだと思っていたのです。自分はああはなりはしないと、藤井さんに対しても、漠然と押し寄せる何者かに対しても頑張っていたのでした。藤井さんがその持論で私を押さえつけようとすると、必ず跳ね返しました。なにがなんでもそうなったら堪らないという気持でした。

藤井さんがいよいよ卒業するという昭和三十年の春、私も中学を卒業する時でした。それはいつもの藤井さんの部屋ではなく、何故か私の部屋だったのですが、

「今は分からないだろうけど……」

と、彼は言いました。いつになく正座している藤井さんの正面に、私も正座して緊張していました。

イデオロギー、オルグといった、当時の私には意味不明の言葉もありましたが、しっかり聞いておかなければならない大事なことを、話しているということだけは分かっていました。

「……必ずそういう時が来る。あわてるな、飛びつくな。流されちゃいけないよ。しっかり見ることだ。きちんと考えなきゃいけない。大人になる通過点に必ずやってくる問題なのだから」

何が来るのか、大人になるまでにどんなことが起こるのだろうか。それが何だか分

からないが、一歩出る前に踏みとどまって、真面目に考えなければならないことが、きっとあるんだ、ということだけは分かったつもりです。

藤井さんはランボー詩集一冊を残して、卒業なさいました。詩集は草木染めの渋い和紙の装丁で、真四角なものでした。その裏表紙に「大人であるより永遠の子供であれ」と、私の稚拙な文字で書いています。きっと藤井さんの最後の言葉なのでしょう。

その頃の私はとてもよい子だったと思います。明るくて、元気で、前向きで。怖い物なんてないのですから、当たり前といえば当たり前でしょう。自信があったのです。人間は独りかもしれない。けれど私がこの世に存在する限り、独りではない人間がいるはずだと思っていたのです。

私が誰かを愛するとき、愛しおおせたとき、例えば私の愛した誰かが、私の愛を長い間感じなかったとしても、ある瞬間、おや、私の後ろについていてくれたんだねと気づき、ああ、自分は独りじゃなかったと安心する。その時に初めて私はその誰かが気づいてくれたことによって、私もまた独りでない自分を、そこに見出すであろうという、本当におかしいほどの自信を持っていたのです。

あの頃の私は幸福でした。喜怒哀楽の激しい私は、喜んだり、悲しんだり、憂鬱になったりの連続でしたが、決して萎んだりはしませんでした。つまずいてもすぐ起きあがれました。私には自信がありました。

信じるものがあるというのはなんという幸福でしょう。それがたとえ机上の空論であろうとも。

私のゆるぎない自信が怪しいものになり始めたのは、高二も終わりのころでした。教科書に載っていた中島敦の「山月記」。主人公李徴の孤独感、喪失感は私を胸苦しくしました。若く優秀な彼は、役人として詩人として名を成すという野望を持っていましたが果たせず、あげく一匹の虎と化したのでした。

教室で授業として客観的に勉強するなどという余裕はありません。李徴の孤独は私のものでもあったと思います。

時事クラブで野崎さんと親しくなったのもそんな時期でした。

倉田百三の「出家とその弟子」によって、私たちは急速に近づきました。野崎さんも私も善鸞が大好きだったのです。けれど好きなところが違いました。私は善鸞のやりきれない淋しさに惹かれましたが、彼女は彼の悪の許しに魅かれました。

野崎さんは全く暗い人でした。陰を背負っているような、これは私ひとりが感じることではありません。彼女を知る人たちそれぞれが感じていたと思います。「私は悪い、私は悪い」というのが野崎さんでした。どうしてそう言うのか、私には分かりませんでした。「悪くない。悪くない」というのが私だったのです。でも彼女の陰鬱さは私がどうしたって除けることの出来る、そんなものではなかったのです。

私は新聞や小説などで、赤線、青線地帯のことを知ってはいましたが実際には何一つ知りませんでした。彼女の家はそのような所に在りました。野崎さんの話は私にはいちいち衝撃でした。特に妻妾同居の事実は恐ろしいことと思えたのです。

和平ホテルはどうどうとした鉄筋の五階建てのビルです。彼女とお母さんと妹さんは、そのビルの屋上の一画に立てた、トタン屋根の掘立て小屋としかいいようのない部屋で暮らしていました。雨の日は傘をさして行かねばなりません。あんな大きなホテルの妻と娘がです。お妾さんはお父さんとホテル内の部屋でした。

そんなことが許されていいのでしょうか。彼女は私の高三の九月、家出をしました。

時事クラブは社会科の島田先生が率いていました。四十歳位の男の先生です。社会主義思想の先生はミッションスクールでは異端児的存在だったようですが、生徒たちは先生の理想主義的な清潔な考え方、生き方に影響を受けていました。野崎さんが六〇年安保のとき活動家として行動したのも、私がセツルメントに所属したのも、そのためだったでしょう。

野崎さんの家出を知ったとき、私が最初に気づいたのですが、先生にすぐ相談しました。

先生は彼女の担任と私を同道して野崎家へ行かれました。私はてっきり今後のことが話し合われ、彼女を迎えるにふさわしい家庭にしたうえで、彼女がSOSを発信している相手、彼女の愛するお父さんが迎えに行くことが決定されると思っていました。佐伯さん、あの時私は貴方に相談いたしましたね。東京まで他の誰でもなく彼女のお父さんが迎えに行くべきではないかと。けれど貴方はそれほどの必要はないと言いました。あの時貴方との違いをもっとはっきりと感じるべきだったのかもしれません。私たちはテーブルいっぱいに並べられたご馳走に預かっただけで、私にはそう思えました、和平ホテルを後にしました。今でもはっきりと覚えています。玄関から出てすぐ私は先生に食って掛かりました。

「どうしてだ」「何故だ」「何故お妾さんのことを話題にしないのか」

と、迫りました。

「それは内政干渉になる」

私は他の人ならともかく、島田先生はお父さんを説得してくれると信じていたのです。先生は常に正義の味方だったはずです。次の日学校へ行きませんでした。先生は、その日家まで私を訪ねてきて下さいました。けれど私は会おうとしませんでした。でも、そんなことは私にとってたいしたことではないのです。家出の原因は色々とありましたけれど、私にとってショックだったのは、彼女を家出に駆り立てたのは私だったのかもしれないと思われたことです。

十何年とつづいている家の内実を、今更どうしようというのでしょう。彼女だけを引き離せばよかったのです。けれど彼女は家族をやはり愛していました。一番嫌悪していたはずのお父さんを一番愛しているのです。

彼女は彼女の背負っている闇から、それがどんな闇かしっかりとは分かりませんが、抜けだそうとしてはまた自分から帰って行くような所がありました。私は抜け出させようと必死だった。でも彼女はそれを望んではいなかった。私が必死でしたことは余計なことではなかったでしょうか。

けれど今から思えば、私の必死さは、貴方はもうお気づきでしょうが、彼女のためというよりは私自身のためだったとわかります。自分が孤独から逃げるためだった。きっとそうだったのでしょう。

彼女の家出から五カ月ほど私は何がなんだか分からず、ぽかんと過ごしました。私は受験に失敗しました。当然のことです。

わけの分からぬ状態から抜け出してからも、自分のしたことに後悔はしませんでした。よくやったものだとその間《かん》も思っていました。

私は本当に一生懸命だった。毎日が輝いていたようにさえ思うのです。勝手に気負い、勝手に格闘しただけなのかもしれません。けれどがむしゃらに進んだあの頃の自分が好きなのです。

私を支えていたものは根底から崩れてしまいました。認めたくない現実が目の前にぶら下がっています。やはり藤井さんの言うように人間は「独り」なのかもしれません。

佐伯さん、『人間は独り』だと思って生きられるのでしょうか。

浪人中、何もかも面倒に思えた頃、母が「結婚したら」なんて言ったことがありました。「それもいいね」などと答えた覚えはありますが。

母は貴方のことをいい人だと吹き込みました。佐伯さん、誤解なさらないでください、決して。……あぁ、きっと、この言い方も貴方は嫌いですね。

貴方のことは自分で決めました。自分の気持に従いました。

貴方を知った頃、自分の神経や気持を痛めつける（おおげさと笑わないで下さい）ことに疲れていました。暖かい太陽のような陽射しが欲しくて仕方ありませんでした。

貴方がひらひらと『紙さま』を作ってくださった時、あの時は単に驚き、と申しますのも、貴方は真面目過ぎて面白くない人（ごめんなさい）と、思っていましたので、懸命に紙を折る貴方や、鴨居にヒラヒラと貼っていく貴方に、ただただ驚いていたのでした。けれど、あの出来事がいつの間にか私のなかで大きな位置を占めてゆきました。

貴方が、私を理解し、私の全てを許し、愛してくれる唯一の人、と思ってしまったのです。私は貴方に逃げ込みました。

貴方と私が傷つけ合うなんて……。

『人は必ず傷つけ合い、愛し合うものだ』ということを忘れていました。忘れていたというより、貴方に最初から甘えてかかったのでしょう。貴方は私よりお兄さんなのだ、貴方は私を慰め、温めてくださる、と一方的に思ってしまったのです。間違っていたと思います。貴方を理解し、慰めること（生意気ですが）を私は全くしなかった。今だって勝手なことを並べたてているだけなのかもしれません。

『私は、私が、私を、私に』で私は貴方に突進しました。愛は奪うものだと倉田百三は言っていますが、私は奪って、奪って、奪うばかりだった。

佐伯さん、許して下さい。こう書いたとたん「あー、イヤダ」と白い目をむいて呟く貴方の声を、いえ、貴方は決して白い目はむきません。静かに、冷やかにいう貴方の声を聞くのです。いっそ白い目をむいてくださったら、どんなによかったことでしょう。

私は「ゆるしてください」などと平気で言う。貴方はその言葉に顔を背ける。ぞっとしていらっしゃる。この差、これが貴方と私の跳び越えきれない違いなのではないか。貴方とのこの違いに目を瞑るとき、私は私でなくなるのです。

こういう私の問題意識の持ち方、物事のとらえ方、そしてこの手紙、これが貴方を辟易させているということ、それはもうとっくに私には分かっていたはずです。分かっていたから黙ってしまいました。私のなかにふつふつと沸き起こる、なにか違うという思いにずっと蓋をしてきたように思います。

感情は時どきで変わるものだと貴方は言います。変わる感情の尻尾《しっぽ》を捕らえて、何事かのように語ることをするなといいます。だからといって、その時どきの感情を貴方に訴えないで押し黙っていることは私にはできません。

貴方の理想とする女性像、常に平易で冷静な。それは私には無理なのです。

喜んだり悲しんだり笑ったり怒ったり、始終自由に飛び跳ねている、傷つこうと倒れようと常に何かに向かって突き進んでいる。それが私であったはずです。

私はいまでも貴方を必要としています。貴方のなかで微睡《まどろ》んだ私は独りで立っていくのは怖いのです。防波堤のなくなった私は、いったいどうやって生きてゆくというのでしょう。今でもあなたにぶら下がっていたい。この手紙を出さなければ貴方を失わなくて済むのです。けれど今のままでは駄目なのです。私が駄目になるのです。

私は自分で自分を老けさせていたと思います。私はまだ若いということをどこかに置き去りにしてきたようです。駆け戻ってそれを取ってこなければなりません。

小千谷はそろそろ根雪の季節でしょうか。
どこかで貴方が生きていらっしゃると思えば、それだけで、私は私なりにやっていけそうに思います。
お元気でいてください。
昭和三十六年十二月二十一日
浅井孝子
佐伯行造様

水上《みなかみ》

群馬県利根郡水上町《みなかみ》湯原　泉志も方

これが孝子の新しい住所である。

上越国境稜線にそびえる谷川岳を望む水上は温泉場で、登山口である土合《どあい》と併せて、夏にはハイカーで賑わう。東京から二時間という立地に、昭和三十七年ごろは井上靖の『氷壁』の影響を受け、登山ブームであった。

谷川岳は二千メートルに満たない山であるが、新潟と群馬の県境にある日本有数の豪雪地帯にまたがり、厳しい気象条件で遭難事故の多い魔の山でも知られる。若者たちにロマンチックな幻想を抱かせる山である。

「国境の長いトンネルを抜けると雪国であった」で始まる川端康成の『雪国』も湯《ゆ》檜曽《びそ》、土合と続く上越線の温泉場、越後湯沢が舞台である。大学で国文を専攻した孝子にとって、興味とあこがれの地であった。

上野から一緒に乗った賑やかな登山者たちは、二つ先の土合まで行くのだろう。荷物の点検に余念のない一団を後に、水上駅で数人の観光客と共に列車を降りた孝子は、光の渦に巻き込まれ、一瞬目が眩みそうになった。初めて見る水上の町は、谷川岳の懐深く入り込み、まっさらな緑に囲まれていた。

初夏であった。

町全体が、いきいきと健康な息吹で充たされているように思えた。

学生生活を終えて直ぐ結婚した孝子は、今別れて来たばかりの一団の中に、自分がいないということを、どこか不自然に感じている。

「結婚したんだった……」

駅前の土産物屋の家並みを見ながら、改めて思った。十数軒あるだろうか、行造から教えられた地図を片手に歩き出すとすぐ家は無くなり、一本の道が左手の土手の上を走る上越線に沿って、真っ直ぐ延びている。右手の草むらの下方には川があるようで、堤らしくなっている。その先の小高い丘に、ホテル松の井と大きな看板を掲げた横に長い建物が見えた。

しばらく行くと、道は緩やかに右にカーブしてくる。カーブの頂点あたりで川と交差し、そこに石の橋が架かっていた。

利根川溪谷である。橋から川をのぞく。なかなか高い。川の両面から切り立った大きな岩が張り出している。川幅は狭いが、水深がかなりあるらしい。ゆたかに、ゆったりと流れている。川底の岩を巻くように流れているところもある。頭を出した岩に跳ね返るしぶきは白く、清冽である。岩と岩に囲まれよどみを作っている所は、暗緑色に重く沈み、不思議な色をしていた。

溪谷の両側から枝を伸ばした木々が、葉の緑を川面にうつしてゆらゆらと揺れている。汗ばんだ身体に心地良さを感じた。川から上ってくる冷気なのか、山の持つ清々しさなのか。

温泉街はここから始まるらしい、水上温泉と書いた横長の看板が、門の上にあげてある。橋の上から来た道を振り返った。駅からは近すぎて、はっきりしなかった谷川岳がその姿を現し、黒ぐろと迫っている。

「とうとう来たんだな」

孝子は呟いた。

結婚したばかりの夫、行造は、国鉄の新米の土木技師である。水上駅に近い第八利根川橋梁が現場という。大学院を出て、東京での一年間の実習を経、配属されて二年目になる。

東京は孝子が四年間の大学生活を送ったところである。ごく普通のサラリーマンの家に生まれた孝子は、生真面目な父と、活発な母と、繊細な弟の四人家族のなかで育った。

博多の女子ばかりのミッションスクールから、東京の女子大の国文科に進んだ。国文を専攻した理由ともなった漱石の作品群、『三四郎』『それから』『こころ』『行人』の高潔なインテリジェンスのある主人公たちが、孝子のあこがれの男性たちである。

行造とは高校時代に出会った。

中学、高校と彼女の身のうち深く眠らせ続けていた、漱石の作品群による男性像が、初めて知り合った男性である行造に、一直線に向けられたのである。孝子より五歳年長の行造は、高校生の孝子に数学を教えたばかりに、孝子の先生であり、兄であり、最近では保護者であらねばならなくなっていた。

ふたりは郷里の博多で式をあげたものの、当てにしていた水上の借り上げ宿舎が急に入れなくなり、孝子はひとり、東京の友人宅で連絡を待つことになったのだ。

新婚旅行を終えふたりで上京したのだが、東京駅のホームでまるで別れるみたいに左と右に別れた。

東京駅で別れた行造は、仕事の現場にすぐ戻ったが、孝子は、ほんのこの間まで自分の下宿であった友人の部屋へ転がり込んだのである。孝子が帰ってきたと在学中に遊んだ友人たちが集まってくれた。

「お前、本当に結婚したんか」

「そうみたい」

池袋のデパートの屋上にあるビアホールで、男女六人でカンパイしたのだ。

友人の下宿での居候、二カ月後にやっと夫の元に行けることになった。

今日は昼から簡単服にサンダル履きで、買い物かごをさげ、水上に来てそう何日もたっていないのに、孝子は土地者らしくよそおって、旅館街を覗き歩き、観光客でない自分が得意である。温泉町水上は、何もかもが新鮮に映った。

旅館街は時に荒々しく、時に優美にたゆたう渓谷の両側に立ち並んでいるが、川に沿っている町は、表通りでさえ舗装の剝げた細い道に、電信柱が隠れるように並ぶ田舎町である。間、間にある水銀灯が、軒につるされた赤や黄の提灯と一緒に、温泉街としての雰囲気を健気に盛り上げていた。

数ある土産物屋の間には金物や瀬戸物を売る店や、ちょっとした衣類や下駄、化粧品などの日用品を置いた店、薬局らしい店もある。そうかと思えば、派手に着飾った店があり、昼間は町の中に沈んでいるが、夜になればネオンが明々とつき、男たちが下駄の音高く吸い込まれていく店もある。

昭和三十七年当時は、まだ温泉の女性客は少なく、会社からの男性団体客に占められていた。射的屋、スマートボール、釣り堀は旅館名入りの浴衣がけの男たちであふれ、時おり、新婚らしいカップルを見るくらいである。

その日も、細長い町を一巡したが、一軒として知る人も家もなく、話しかけられる相手もいないのに気づくと、だんだんつまらなくなった。それでも通りから横にちょっと入った蕎麦屋で、土地のへぎ蕎麦を注文して、店主相手に、ボート屋の志《し》もちゃんの所に越してきた者だと、名乗ったりした。

土地の人から志もちゃんと呼ばれている大家さんである志もさんは、駅から一番遠い温泉街のはずれ、溪谷が終わり、川幅を広くした利根川に、小さいぬくい川が流れ入った浅瀬の所で、ボート屋をやっている。孝子の母と同じ歳の四十八歳であるが、日がな一日客を待って日焼けしているので、大分年上に見える。
志もちゃん家《チ》は、長女夫妻、四女の中学三年の女の子と常日頃は四人である。他に嫁にいった次女に、群馬大に行っている三女が居ると聞いている。

長女の夫は郵便局に勤め、長女は電話局の交換手である。一昨日行造の現場事務所に電話したとき、交換に彼女が出て「あれ！　孝子さん？　ご主人呼ぶのね」と会話が入り、ダイヤル回線の東京から来た孝子を驚かした。

彼女は丸っこい志もちゃんに、顔も体型もよく似ている。嫁には行ったが夫を家に入れている。夫は黒縁眼鏡のひょろりとした人である。彼は家族に「お兄さん」と呼ばれ、泉家の唯一の男性として大事にされているが、一家の長はやはり志もちゃんである。

行造の朝食は、紅茶にパンである。孝子は実家もだが、大学の寮の習慣で、朝はご

飯に味噌汁と決まっていた。一カ月位は暇にまかせて両方並列でやっていたが、つい

に面倒が勝って朝から紅茶の好い香りが、テーブルといっても卓袱台《ちゃぶだい》だが、載ってい

る。

行造は四日に一度位の割合で、駅近くのパン屋の食パンを、一本ぶら下げて買って来る。釣り堀屋の坂を上がった所にある射的屋の若い女二人が、いつも顔を見合わせくすくす笑うという。

今日もいい天気。庭の松の葉が、一本一本光をため込んでひかっている。洗濯日和である。いつものように釣り堀の上まで、行造を送って行った。

我が家の庭の前は、土手になっている。駆け上ると利根川の川原が広がる。上越線が川向こうを走り、時どきピーポーと汽笛を鳴らし、「東京へ行くんだよ、東京へ行くんだよ」と誘ってくる。

そういう日、真っ白なシーツを、松と松の間のロープに掛け、谷川岳の風を受けて勢いのついたシーツのハタハタとなる音を、孝子はじっと聞いている。

昼過ぎには、家からすぐのボート屋のところまで行ってみた。ボート屋からだらだ

らと上がると、太い蔓で編んだ吊り橋が架かっており、若い二人連れがゆさゆさ揺らしながら渡っている。ボート屋はたいがい暇で、志もちゃんはボートを繋いだ乗り場に足を伸ばして、相方と喋っていた。相方は女にしては背の高い人で、眉に険があり意地悪な感じがするが、ふたりは仲良しらしい。共にグレーの作業着に、これも同じような煮出したような色になった手ぬぐいを首に巻いているが、志もちゃんは笑うと真っ白な歯が前面にでて、明るく可愛らしい。

志もちゃんに夫が居ることを、最近になって知った。土建業者で町会議員だという。同じ町に住んではいるが、お妾さんの所である。

お妾さんがいると聞いたのは、志もちゃんからである。夏の日が傾き始め、そろそろボート屋も店じまいかと思うころだったか。

「妾がいるんだよ。子供が出来てあっちに行ってしもうた」

聞いたときは驚いたが、それよりあまりに平然と、世間話をするように言う志もちゃんにびっくりした。

まるで、気にしてないような志もちゃんでも、時どきご主人の愚痴を言う。

「お前は丸太ん棒のようやって言うんよ」

丸太ん棒？　確かに志もちゃんは少々太っている。「ふーん」と思っていると、「丸太ん棒、抱いているようだとよ。味も素っ気もないんだと」

ちょっと待て、もしかして……ふん、孝子も一応奥さんである。「そうか」と認識した。

そうかと思えば自慢げな時もある。

「いい男でね、男前なんさ。上背もあるし頼りがいもある。町会議員、やっとる」

町会議員？　こんな狭い町でお妾さんに子供もいて、それでも町の人は議員にするんだ……と、また、びっくりしたが、これも最初の内だけだった。

町の人たちには、そんなことはどおってこともないことだった。

温泉街の表通りに寄り添うように、もう一本裏通りがある。通りといっても町並みがあるわけでなく、野っ原や畑のところどころに表通りより軒の低い家が点在している。

魚や野菜を買いに、孝子が毎日のように行くところだ。山奥にしては白子や新鮮な魚がある。こういうところはやはり温泉町である。

まぐろの赤身のいいのがあったから、「おさしみにしてちょうだい」と注文したときのことである。藍の水玉の手ぬぐいをきりりと頭に巻いた魚屋の主人は言ったのだ。

「おい、佐和子に大根持ってこさせな」

言われたおばさんは電話をかけた。

「佐和ちゃんに大根一本お願いしますが。急ぐんだがねー。お客さん待たしとるが……」

おじさんは佐和ちゃんのお父さん。電話を掛けた人はお妾さん。掛けた相手は表通りの八百屋の本妻さん。刺身のつまになる大根一本持って、走ってきた佐和子さんは娘さん。後で志もちゃんに聞いて、なるほどと思ってしまったのである。何も驚くに足りない。志もちゃん家のお妾さんの、髪をほつれさせ、男の子を負ぶった買い物姿だって見たのだから。孝子はそれまでお妾さんというのは、きれいな着物を着、見越しの松とまではいかなくっても、瀟洒な家に住んでいるものと思っていた。


夜は行造の帰りを待って、志もちゃん家の居間に押しかけ、夕飯の済んだ人たちと一緒にテレビを見る。三十四年の皇太子のご成婚で、テレビの普及をみたが、まだまだ何処の家にでもあるというものでなく、そういった意味でも志もちゃん家はお金持ちである。

そのころの人気番組の『事件記者』は、男性の低音のハミングで始まるのもいかにも都会的で、構成の斬新さでも孝子の楽しみの一つだった。

けれど行造の帰りは八時半から九時、丁度番組の真ん中、いよいよ佳境に入るぞというときに決まっていた。いつもは早く帰って来ないかなと、心待ちにしている孝子だったが、一週間の内のこの時ばかりは、少々恨めしい気がする。それでもまあまあと立ち上がり、続きは明日志もちゃんの解説を聞くとして、渡り廊下をトントンと帰っていく。

廊下を渡れば、世界はすぐ変わり、卓袱台に置かれた遅い夕食膳にふたり向かうのだった。夕食時の話題にはまったく困らなかった。次から次に知る全てのことは、孝子にとって、新鮮な取れたてのものばかりだったのだから。

「奥さん、奥さん、大丈夫だかね」

落ち着いた女の人の声が遠くから波うつようにする。ぼんやりと天井の板が見え、梁が見えた。薄暗かった周囲が少しずつ明るくなっていく。と、蟬の声がせわしなく耳に入り、光が眩しい。

「気がついた。気がついた」
二、三の声がする。
金物屋の店先に敷かれた花ござの上に寝かされていた。額に濡れたタオルが当てられている。裏庭から吹き抜ける風が涼しい。缶切りを買いに入ったところで、ストンと意識が途切れたらしい。

水上の暑さは、郷里である博多のうだるような暑さと違い、からりとしているのだが、朝から射す今日の光線は、空の透明なぶんだけ強く、身重な孝子にはこたえたらしい。日傘をさし、用心はしていたが、このところの体調の悪さが重なったと思われる。

それに朝からの土左衛門騒ぎ。

ボート屋のもう少し下流に、孝子たちが借りている志もちゃん家がある。その先に家はない、いやたった一軒、朽ち果てて崩れ落ちそうになっている廃屋があるのだが、その家の横を流れる利根川は、この付近では一番の浅瀬になっている。土手も低くなっており、家の近くまできた水が、チャプチャプ押したり引いたりしている。

ここに毎年土左衛門が上がるという。聞いてはいたが本当だった。

朝からパトカーが来、騒ぎは町に広まったのか、常はほとんど人を見かけない道に、ざわめきがある。年に一、二回、水上駅から歩いて来た丁度カーブの所にある、あの高い橋、あそこから飛び込むという。

あれは跳びたくなる景色だなと孝子は思う。周りはむせかえる緑。後ろに悠々たる谷川岳。橋から渓谷を見れば、吸い込まれそうな水の色。川底の、キラキラ揺れる光に向かっていけば、どこまでも、どこまでも行けそうな気がする。危ないなァ。

土左衛門はすでに引き上げられ、見えなかったが、鬱蒼とした木々の間に、警察らしい男数人。パトカーの車体の上で、音もなく、くるくる回る赤いランプ。あの赤いくるくるが目に焼き付いてしまった。

あれがいけなかった。今日は行造に叱られるかもしれない。

九月に入り、周りの空気は急激に秋に突き進んでいる。

朝から川向こうが騒がしい。拡声器から流行歌を大音量で流している。潰《つぶ》れたような男の声が重なって聞こえる。何を言っているか定かでないが、再度のお目見え、したたる女形、日本中を、というフレーズが高く低く、切れぎれにする。

縁側からつま先立ちし眺めると、青や赤、黄の旗がはためいている。あんな所にあんな場所があったかな。小さな小屋は、今や幟や紅白の幕に包まれて、テカテカの芝居小屋になっていた。庭の前の利根川は、川向こうの騒ぎに関係なく、のんびりと流れている。

「見に行きたいな。お芝居らしいよ。ねぇ行かない」

行造は座敷の奥で、座布団を枕に寝そべって本を読んでいた。ここのところ忙しかったが、今日は二週間ぶりの休日である。

孝子の方をふうっと振り仰いだ。セルの着物の裾が少しはだけ、クレープのステテコから細い足首が覗いた。

日頃は駅員さんと同じ現場用の、記章付きの紺地の制服を着ている。孝子は行造の着物姿が好きだ。兵児帯を腰に、丈の長い和服姿は、スラリと背が高く、映画で見る漱石の主人公に似て素敵である。

家に居るときは、和服を着せる。

昨夜、現場から帰り、長着に次いで帯を渡したら、何を思ったか行造は帯を胸高に巻き付け、「馬ちゃん」と言い「どうだ」という顔をしている。

「馬ちゃん？」

馬ちゃんは子供の頃はやった遊びで、胸高に帯を締めている馬追のことで、誰かを馬ちゃんに見立てて囃したものだった。行造はそのまねをしているつもりらしい。

「馬ちゃん？　駄目じゃない。駄目よ」

止めようとする孝子をするりとかわしながら、「馬ちゃん、馬ちゃん」と孝子の周りを嬉しそうに回っている。天井から下がっている電灯がはずみをくらって揺らぎ、背の高い影が後ろの障子に大きくうつり、ゆらゆらと行造と一緒に踊っている。ヤアイ、ヤイかけ声を掛け三、四人のくりくり坊主たちが、頭の上にひらひらと手をかざし、孝子の廻りを横っ飛びにとびながら囃したてている。しだいに行造の姿に重なってゆく。

知り合って六年になるが、こんな行造は初めてだった。とうとう行造の作る円の中でぺしゃんと座り込んだ孝子は、回る行造の「馬ちゃん」をいつまでも見ていたい気がしていた。

昨夜の「馬ちゃん」はどこへやら、今日の行造は静かである。孝子の声に首をあげた顔は「何を言ってるの」と聞いている。

「あのね、ほら、こっち来て、お芝居が来てるのよ。聞こえるでしょ、流行歌」

川向こうは賑やかにドンチャンドンチャンとやっている。

のそりと起きて廊下まで出て来た。開け放たれたガラス戸の鴨居に手をかけ、孝子のすぐ後ろからのぞいている。

「ね、田舎芝居、面白いんだから」

行造は、なんだつまらないというふうに引っ込んでしまった。

「ねエ、行こうよー」

「あんなのがいいの……」

「だって面白いんだもん」

何度か繰り返したが、もう行造は本の世界に戻ってしまった。

孝子はまだ未練がましく、廊下につっ立って、幼稚園から小学校まで住んだ疎開先の天草を思い出していた。

天草の劇場『天劇』には、よくドサ廻りの芝居が掛かった。芝居が来ると満艦飾に飾られた馬車が出る。車上ではビラビラのかんざしを挿した姫君や、白塗りの若衆姿の役者が、三味線を弾き、鉦《かね》を叩き、太鼓を打つ。音楽は決まってチンドン屋でおなじみの「空に囀る鳥の声」で始まる『天然の美』である。馬車の左右や後ろに子供たちがついてまわり、時どき馬が大きく尻尾を振るのを上手によけている。役者のひとりが、花びらを蒔くように宣伝の紙をまき、みんな争い拾っていた。大人も家から跳びだして、通り過ぎる馬車を、まるで祭りの山車を見るように眺めている。浮き浮きした気分が小さな町をおおい、孝子たち子供は、親に連れていってもらうのを楽しみにしていた。

『天劇』は、常は映画をやっているが、芝居小屋に早変わりする。畳敷きの桟敷席では弁当を開き、酒を酌みかわすのも自由である。知った人に会うと、舞台そっちのけで挨拶している人もいる。入りの悪い日などは、寝ころんで見ていた人もいた。時どき子供が走り回り叱られている。

孝子はあの空間のなんともいえない暖かみがなつかしかった。

「行ってくれれば」

「ひとりで？　ひとりで行ったってつまんないもん」

孝子も本を持ち出して、行造の横にすり寄って、同じように寝ころんでしまった。

「荷物ですよー、奥さーん」

今日も朝から秋晴れのいい天気。

夏のうちは、孝子たちの結婚を知った人たちから、祝いの品が届いたりしたので、日通の配達の人と顔見知りになっていた。

「今日は重いよ、退いてのいて、上にあげてやる」

荒縄で縛ったためいっぱい膨らんだ行李を一つ、廊下にドスッと置いた。孝子のお腹が膨らみ始めてから、何かと親切にしてくれる。

初めて来たとき、開け放たれた部屋は丸見えで、

「いやーぁ、たいしたもんだ冷蔵庫もある。だいたい水屋が大きいやね」

とほめてくれた。

昭和三十七年ごろ、洗濯機、冷蔵庫、テレビが三種の神器といわれていた時代である。その内の二つまであるというのは、水上では珍しかったらしい。孝子の友人たちの間では質素な嫁入り道具だと思っていたから、驚かれほめられたときは、そのこと

に驚いた。

しばらく暮らしてみれば、表の華やかさに比べ、一部を除けば水上の人たちの生活は、質素というより貧しいものであった。孝子の家は町の端っこで、その先は家がないとずいぶん長い間思っていたが、その道で若い妊婦と出会った。ちょうど同じくらいの大きさのお腹の人で、いつも疲れた表情をしていた。

何度目か顔を合わせたとき、「寄っていかない」と誘ってみたらついてきた。縁側でお茶を飲み、一息入れて帰って行く。淋しい孝子は「ゆっくりしていって」と言うが、いつも十分くらい腰を降ろし、そそくさと帰る。

水上の在の農家の嫁で、用事を言いつかって来ているということだけが分かった。あまり喋らないが腰を降ろし、お茶をすすり、庭を眺める。ほんの十分、「ほっとする」という。「いつでも寄って行ってね」と別れたが、それっきりとなった。用事が終わってしまったのか、元気かなと孝子はしばらく忘れられなかった。


今日の荷物は博多の母からだ。

秋口に着る薄手のマタニティードレス、和服に羽織る厚手ウールのもの、洋服用の格子のもの、全部母の手製である。赤ん坊の産着、真っ白な毛糸のおくるみ、行造のシャツに足袋、セーター、博多名物の水炊きの缶詰などと一緒に、ふたりの下駄まで出てきた。これ以上詰め込めないくらいに詰め込まれている。きっと、母が行李の上に腰掛け、父が縄で縛ったに違いない。弟も近頃元気らしい。

志もちゃんは昼食は家でする。水炊きの缶詰をお裾分けにと思い、渡り廊下を渡る。テレビのある六畳の茶の間に続いて、川に面した十畳の座敷がある。縁側はなく座敷からすぐ庭になっている。よほど寒くならない限り、一日中、境の障子は開け放たれている。今日も川風が心地よく入っていた。外があまりに明るいので、部屋の中は沈んで見える。

いつものように、首だけ出し、覗き気味に部屋へ一歩踏み込んだ。

志もちゃんと、年配の筋肉質な男性の後ろ姿が、川に向かって明るく広がった初秋の庭を前に、額縁に入ったように並んでいた。

〈お客さん？〉

次の瞬間、孝子の足は止まっていた。

ふたりは熱心に話し込んでるようにも、ぼーっと、ただ、庭を見ているようでもある。男は座敷に上がらず、庭との境に腰掛けている。横に湯飲み茶碗一つを載せたお盆がある。なか一人置いたふたりの間のキョリは、どこか厳しいものを孝子に感じさせた。

正座している志もちゃんの姿は、いつもより小さく丸かった。

孝子はそおっと渡り廊下を帰って来た。きっとご主人に違いない。

「……兄《あん》ちゃん、早く帰って来ないかな」

孝子はふうっと行造を思った。

最近、孝子は行造を兄《あん》ちゃんと呼ぶ。母屋のお姉さんが夫を「お兄《にい》さん、お兄さん」と呼ぶのをまねて、ふたりだけのとき「兄《あん》ちゃん」という。行造がフフッと笑いながら「俺は兄ちゃんだ」と言ったのがきっかけだった。母屋の人たちは知らないヒミツである。

気がつくと、周りの景色がいつの間にか秋色に染まっている。晴れれば汗ばむほどの日もあるが、九月下旬ともなると雲に覆われた日が増え、天気は崩れる。

国文科で一緒だった永井さんが東京から遊びに来た。久しぶりの友人来訪である。

温泉街を案内するといっても小さい町である。二日目は谷川岳のほんの入り口、天神平まで行くことにする。安定期に入り、少々のことは無理をしてもいいらしい。お産の本に書いてあった。

湯檜曽川に掛かる小さな橋を渡り、遭難慰霊碑の脇を通る。谷川ロープウエーに乗り、十分ほどで標高千三百二十メートルの天神平へ着いた。

冬はスキーのゲレンデになる。草の茂みのあいだに岩がごろごろしている。時どき強く風が吹き抜けてゆき、音が消えるような一瞬がある。黄色く色づいた草ぐさが、柔らかい日射しの中で輝いていた。遠くに紅葉した樹林が見える。

右手の奥、山側からリフトが出ている。大事をとってリフトに乗るのを止め、草原の真ん中でお弁当を広げ、山小屋風食堂でコーヒーにする。

彼女も同郷の熊本の人で、東京在住のサラリーマンとの結婚話があるという。友人たちもそれぞれの新しい人生を始めようとしている。

東京へ帰る彼女を水上駅に送って行った。置いてきぼりをくらったような気分を抱え、駅を後に歩き出すと、細い雨が降って来た。山の天気は変わりやすいが、特に谷川は日本海側の雨や雪の影響を受ける。

用意してきた傘を開く。細い細い雨が降っている。

「あら？」

孝子は立ち止まった。降っていない。ええっと思って後ろを向くと、降っている。ちょっと引き返して傘をはずし、手をかざしてみた。雨は手にも額にもあたる。前へ歩く。降ってない。道ははっきりと線を引いたように、濡れている所といない所を示していた。線をまたいであっちに行き、こっちに行き、二、三回やってみた。

(すごい！　雨って分かれて降るんだ)

谷川岳の影響で、雨の強さや風のかげんで雨そのものまでも、きっちり分かれて降ることを初めて知ったのだった。雨のカーテンである。

ひとりで雨の境をあっちに行き、こっちに帰りしてるうちに、孝子は楽しくなった。行造に、今日の一大報告ができたぞと思っていた。

十二月五日、今日は結婚後初めてのボーナス日である。去年までは行造からプレゼントがきた。万年筆だったり時計だったりしたが、今年は大切に取ってある。赤ん坊のための掃除機とジューサーを買わねばならない。掃除機は衛生のためで、箒で掃いたぐらいでは微細な埃まではとれない、絶対にいる、と孝子の主張である。ジューサーも赤ん坊には新鮮な生ジュースを与えなければならない。市販のものでは駄目であると、これも孝子の主張である。「本に書いてあった」という一言で、行造も納得する。とうとう彼が東京の秋葉原の電気街まで行って買ってきた。

十二月に入ると、外は零下《れいか》である。一月、二月にはマイナス十八度くらいまで下がるという。配達の牛乳は台所の外でシャーベットになっている。縁側に置いた木箱の木くずに埋まった林檎でさえ、中を割ると小さな氷の粒がでてくる。果汁が氷っているのだ。

東京や博多では、冬でもスカートで暮らせたが、水上ではいくら若いといっても無理である。ズボンは無いので、十一月の末から和服にしている。冷たいが雪はあまり積もらない。せいぜい積もっても一メートルくらいである。買い物は長靴を履く。

夕暮れどき、お座敷に行く芸者さんと会うこともある。日本髪を高だかと結い、かい巻きで身を包んだ人は、赤い口元、白い顔と高下駄の足袋の白さが浮き立って、くすんだ旅館街の中で、はっとする美しさである。

(『雪国』の駒子だ) と孝子は思う。

母屋のお姉さんがさっそく掃除機を見に来た。「使ってみる」と母屋に持って行ったが、お兄さんがボーナスで買ってやると言ったと嬉しそうである。

暮れは行造と隣町、沼田までお正月の買い物に行く。彼と出かけるのは久しぶりである。沼田は近在で一番大きな町である。だいたい必要な物は何でもそろう。総合病院もあるので定期検診はここの産婦人科に来ている。水上から列車で行き沼田で降りるが、町は山の上にあるのでバスで上る。

新しいシャツや下着、行造の襟巻き、数の子、かしわ等など、祝い箸まで買い揃え、大荷物で興奮気味に帰ってきた。

「障子の桟が見えなくなるくらい痛くならないと生まれないよ」

（えーッ、痛くなるの、そんな。そういえばお産の本に無痛分娩の方法、というのがあったが、無痛というからには逆に考えれば痛みがあるということか。陣痛がくるとあったが陣痛とは痛みのことか。「痛」という字が入っているものね）

とっさに頭の中を駆けめぐり、孝子は張り替えられたばかりの障子を、その白さまでも恨めしく見つめた。

一月二日新年の挨拶に、行造とふたり、渡り廊下を通り、志もちゃん家に来ていた。二日目の祝いの椀や小皿が残り物と一緒に掘炬燵の卓にあり、一家はテレビを見ていた。群馬大に行っている三女も帰り、五人になり賑やかである。

五人の目はいっせいに、立ったままの孝子と行造に注がれている。

昨夜、あけて三十八年の元旦の夜中、急にお腹が痛くなった。トイレに行ったが、下痢もしないのに痛い。とうとう行造を起こし、郷里からのかまぼこに当たったんじゃないかとか、お正月のご馳走の食べ過ぎじゃないかとか、言い合っていたのだ。

朝になって落ち着いたので、大家さんである志もちゃん家に挨拶に来たのである。

「きのう、お腹が痛くってね、困ったのよ」

孝子は「おめでとう」もそこそこに、気になっていたことを口にしたのだった。

「いつから」

いつにない志もちゃんの口調である。

「昨日の夜」

「何時ごろ」

「二時ごろかな」

「今は」

「痛くない」

「始まったんだ」

「何が」

「お産」

「まさか！　かまぼこが痛んでいたかも知れないの」

予定は一月半ばだし、第一痛くなるなんて、思ってもいない。

「いいや。医者は高崎の佐藤さんだったね」

ますます志もちゃんの出番である。お姉さんは未経験者だから役に立たない。

「それ、電話」「産着、おしめの用意」「エエト、旦那さんは洋服に着替えてエと。奥さんは……」と座り込んでしまった孝子を見た。お正月だからと一応小紋を着ている。

「まあ、それでいいだろう。コートとショールを持ってきて、それに、はきもの、寝間着、タオル、あァ、それと、だしめんガーゼ、用意はしてた？」

と孝子を見、

「ほれ、お父さん、しっかりしなさいよ」

次から次の注文にお父さんと呼ばれた行造は、渡り廊下を行ったり来たりしている。五人全員いつの間にか炬燵から出てしまって、同じようにうろうろ。お兄さんは電話に掛かりっきり、お姉さんは行造に付いて、渡り廊下を往復している。二人の独身者は、ぼーっと立っていた。

やっと何度目かの電話でタクシーが来た。温泉町だからタクシーはまあまあ、ある。

「高崎の佐藤病院。知ってるよね、駅前の。ちょっと遠いけど、初産だし、この顔なら大丈夫、間に合うよ」

こういうところは、さすが町会議員の本妻である。志もちゃんのお墨付きで、若い人の良さそうな運転手は「ハァ、ハァ」と頭に手をやって頷いている。

ちょっと遠い……ではない。列車で二時間は掛かる。水上に医者はいるが、内科も小児科も外科も産婦人科もやる医院が一軒あるだけである。東京から来た若いふたりは、何でもいいから大事を取って、有名な、隣町でもない遠方の、上手という評判の医院に入院先を決めていたのだ。

タクシーのトランクに小さな布団まで詰め込んで、孝子と行造を乗せた車は出発した。玄関前の大きな楠の下で、五人そろって手を振ってくれた。

あまりに大騒ぎして出てきたせいか、お腹の子も悪いと思ったのか、タクシーに乗ってしばらくすると、孝子のお腹は痛み出した。

「痛くなるんだって。知ってた？」

「知るもんか」

そりゃそうだ。本人の孝子だって知らなかったのだから、行造が知るわけがない。志もちゃんもいないし、心細い限りであるが、運転手さんも心細げである。「痛ァ、イタッ」と言うたびに、行造と若い運転手がゴソッと動く。握っている行造の手に力が入る。何度目かのとき、運転手が言った。

「沼田に行きましょうか」

沼田は定期検診に行った病院はある。しかし入院は申し込んでいない。

「大丈夫、未だいいと思う」

スーッと痛みが消え、周りの景色が目に入ってきた。今年は雪が少ないらしい。暮れに降った雪は消え、枯れ草で縁取りされた田圃も畑も、黒いしっとりした土色である。所どころに林があり、防風林に囲まれた大きな田舎屋や、正月らしく幟の立った神社など、田園風景が広がっていた。だいぶ平地に来たのだろう。さっきまで利根川渓谷を右に見ながら走っていたのだったが。舗装されていない道は、車を時どき大きく跳ねさせ、そのたびに行造と運転手に緊張が走る。痛みが引くと恥ずかしいくらいケロッとする。

「ねェ、ねェ見て、あそこに鳥がいる」

「どこ」

とは言ったが行造はまだ孝子を見てる。

「ほら、あそこ、あの大きな木の上」

やっと目を移した。

「本当だ。あれ鷺だな、一本足で立ってる」

車の左側のずーっと先、木のてっぺんの平らな所に、首の長い青鷺が動かずにいる。

「この辺によく居るんです」

運転手の声も気のせいかゆるんでいる。車の中は暖かくのどかである。

「寒そうね」

外は風もないようだが、全体が鉛色である。

「あ、また痛くなった、痛ッ」

腰をさすっている行造の手に力が入る。つぶっていた目をうっすらと開けて見ると、車窓の景色が移ってゆくのがぼんやりと分かる。まだ大丈夫だ。障子の桟は見える……。

突然、車が止まった。

「奥さん、大丈夫ですか、病院があるんですけど……」

車はK産婦人科という看板の前で止まっていた。振り返った運転手さんの不安そうな顔を、行造は気の毒気に見ている。

「まだ、大丈夫」

孝子の思ったよりしっかりした声に二人の男たちは、ほっとした様子である。そしてまた、走り出した。まだ半分も行っていない。しばらく行くと、また止まった。二人の男は孝子を見ている。

「大丈夫だと……思う」

聞くと直ぐ走り出した。これからは村だったり、町だったりしながら街に近づいていくはずである。S産婦人科、T産婦人科、勝手に止まり、男二人申し合わせたように孝子を見、走り出す。何回繰り返したのだろう。

午前十時三十分ごろ、高崎駅前の佐藤医院にやっと着いた。

運転手さんとどういう風に別れたか……あの若い人、さぞ疲れたことだろうとずいぶんたってから孝子は思った。

涙が止まらない。何故こうも次から次に涙が出るのか分からない。やっとの思いで病院に着き、その日の午後二時四十分、孝子は三千二百四十グラムの男の子を出産した。「男の子ですよ」「五体満足ですよ」という看護婦さんの声を聞き、ぴょろりと長い顔の黒目のかった赤ん坊の顔を見、安心しきって深く眠った。

赤ん坊は新生児室に、孝子は個室に移された。無事、赤ん坊の顔を見た行造は、明日来ると言い、やっと緊張のとれた顔を見せ帰って行った。

今何時だろう。電灯も消されて暗い。辺りはしんとしている。眠りから醒め、ひとり寝かされた部屋で、突然の涙に孝子は困惑していた。なんの涙か分からなかった。感極まったわけでもない。むろん悲しいわけではない。ただ、ただ涙が出る。

（あァ、終わった）何かが終わってしまった。

行造と結婚したときには、感じなかったこの思いは何なのであろうか。

自分が選んだもの、「共にある」というだけではらはらと不安定な孝子を安定させるもの、孝子は一途にそれを取りに行き、行造と結婚した。それに続く赤ん坊の誕生、孝子の願い通りものを、今、手中に納めたというのに、この喪失感は何なんだろう。がやがやと賑やかに、何者にもとらわれず自由であったころ、けれどその代償のように常に淋しく不安であり、それ故に友人と群れていたあのころ、自分の道を決めていないがために好きなことが言え、何者にもなれるような錯覚を持ち得たころ、不安定な淋しいそれでいて自由な空間、あの騒々しさの中に、もう二度と帰ることはない……。

くるくると、孝子の思いは、暗い部屋のなかで、甘やかに空転していた。

昭和三十八年初夏。

水上に来て一年になる。俊高《としたか》は六カ月になった。行造と孝子の長男である。谷川岳にちなんで『岳《がく》』と名付けようとしたが、志もちゃんが、そんな名じゃ可愛そうと反対であった。

「峻く、高い、で峻高にしよう」という行造の意見で峻を俊にして俊高と決まった。

庭の真ん中に、ベビーチェアーを持ち出して、写真を撮る。今日の主人公はおむつに金太郎さんだけのセミヌード。空色の椅子は、子供が落ちないように前に白いテーブルが付いておりテーブルのカーブに沿った棒線に、赤、白、黄、青、緑、橙、と丸い玉がついている。

「俊ちゃん、ほらほら、こっち向いて、パパの方よ」

孝子が横で声を掛け、行造がカメラを構えているが、当の俊ちゃんは、青や赤の玉が気になって、カチャ、カチャとあっちにやったり、こっちにやったり。やっと済んだと思ったら次は遠くの玉を動かそうと、ウン、ウン、うなりながら手を伸ばしている。もう少しで届くかなと思うところで、重いお尻にひっぱられ、横にのけぞってしまった。瞬間、孝子と行造が目に入ったのか、キャッ、キャッと嬉しそうに声をたてて笑った。パチリである。

昭和三十八年七月一日、次の現場、越後中里《えちごなかざと》に移る。「国境の長いトンネル」である清水トンネルを抜けて二つ目の、山深い里である。

*

あとがき

中学生の頃から本を読むことは好きでしたが、自分が書き、それを本にするなどとは思いもしないことでした。

私の書いたものが初めて印刷され、島京子先生御指導の同人誌「あめんすい」に載ったのが、一九九五年阪神淡路大震災の年でした。

入会後四年目に書いた「紙さま」が大きな転機になったように思います。ひとりの女の子の成長小説として書き続けてごらんという島先生の一言で「風にのる日々」は生まれました。

私は五十六歳になっていましたが、書いている間、もう一度青春をやっている気分でした。

毎日を、過去の自分のなかで生きています。今晩の夕飯のことから、心乱れる心配ごとまで全てすっとんでいます。夢中で、青春まっただ中の自分と付き合っていました。

その青春がどんなに痛みを持っていたとしても、それは現実の事柄からみれば、まるで「風にのる日々」であったと思えます。

今回出版するにあたり、大分見直しを到しましたが、全く自信のない私は、編集工房ノアの涸沢純平さんの「青春の彷徨、煩悶に納得もゆき……」という言葉に、どんなに励まされたか知れません。行き詰まるたびにこの言葉を読み返しました。

本書が出来上がるまでに支えられた、私の中学からの友人、平岡佳子さんと、私の長男、俊高に感謝致します。

伊藤志のぶ

二〇一八年一月

伊藤志のぶ
1939年、福岡に生まれる。
熊本県天草に疎開（1942年～1949年）
福岡女学院中学校・同高等学校（1952年～1958年）
日本女子大学・文学部国文学科（1959年～1962年）
東京都品川区五反田駅前で塾経営（1977年～1987年）
兵庫県点字図書館にて朗読による本づくり（1988年～現在に至る）
神戸YWCA専門学校日本語教師養成学科（1992年～1994年）
1994年「あめんすい」同人となる、現在に至る。

風《かぜ》にのる日々《ひび》
二〇一八年三月二十六日発行
著　者　伊藤志のぶ
発行者　涸沢純平
発行所　株式会社編集工房ノア
〒五三一―〇〇七一
大阪市北区中津三―一七―五
電話〇六（六三七三）三六四一
FAX〇六（六三七三）三六四二
振替〇〇九四〇―七―三〇六四五七
組版　株式会社四国写研
印刷製本　亜細亜印刷株式会社

ISBN978-4-89271-289-0